Deseo

Aventura de escándalo

JENNIFER LEWIS

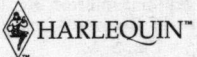

Editado por HARLEQUIN IBÉRICA, S.A.
Núñez de Balboa, 56
28001 Madrid

© 2009 Jennifer Lewis. Todos los derechos reservados.
AVENTURA DE ESCÁNDALO, N.º 1716 - 14.4.10
Título original: The Heir's Scandalous Affair
Publicada originalmente por Silhouette® Books.

Todos los derechos están reservados incluidos los de reproducción, total o parcial. Esta edición ha sido publicada con permiso de Harlequin Enterprises II BV.
Todos los personajes de este libro son ficticios. Cualquier parecido con alguna persona, viva o muerta, es pura coincidencia.
® Harlequin, Harlequin Deseo y logotipo Harlequin son marcas registradas por Harlequin Books S.A.
® y ™ son marcas registradas por Harlequin Enterprises Limited y sus filiales, utilizadas con licencia. Las marcas que lleven ® están registradas en la Oficina Española de Patentes y Marcas y en otros países.

I.S.B.N.: 978-84-671-7973-6
Depósito legal: B-5401-2010
Editor responsable: Luis Pugni
Preimpresión y fotomecánica: M.T. Color & Diseño, S.L.
C/ Colquide, 6 portal 2 - 3º H. 28230 Las Rozas (Madrid)
Impresión y encuadernación: LITOGRAFÍA ROSÉS, S.A.
C/ Energía, 11. 08850 Gavá (Barcelona)
Fecha impresion para Argentina: 11.10.10
Distribuidor exclusivo para España: LOGISTA
Distribuidor para México: CODIPLYRSA
Distribuidores para Argentina: interior, BERTRAN, S.A.C. Vélez Sársfield, 1950. Cap. Fed./ Buenos Aires y Gran Buenos Aires, VACCARO SÁNCHEZ y Cía, S.A.
Distribuidor para Chile: DISTRIBUIDORA ALFA, S.A.

Capítulo Uno

Samantha Hardcastle estaba en Bourbon Street, que estaba atestada de gente. Se había comprado unas sandalias rojas de Christian Louboutin que le tendrían que haber puesto de muy buen humor, pero que, sin embargo, amenazaban con hacerla caer de bruces al suelo.

Como pudo, se abrió camino entre la gente hasta una calle menos concurrida. Una vez allí, tomó aire profundamente varias veces. Estaba oscuro y olía a cerveza. Veía farolas y carteles de neón de diferentes colores por todas partes. Las columnas de las casas que sujetaban los balcones se le antojaban árboles amenazantes en mitad de un bosque encantado.

Estaba mareada y se le iba la cabeza. Probablemente, porque se le había olvidado comer desde… ¿había desayunado antes de montarse en el avión?

Le dolía el tobillo, así que se apoyó en una pared. Al salir de la zapatería, se había perdido y no era capaz de encontrar el hotel. Había anochecido y no conocía aquella ciudad. Estaba perdida.

Tenía la sensación de que, desde que había muerto su marido, ya no era capaz de hacer las cosas bien. Tenía la sensación de que cada día que llegaba le quitaba un poco más de energía.

–¿Está usted bien? –le preguntó una voz grave.

–Sí, gracias –contestó Sam sin dejar de apoyarse en la pared.

–No, no está usted bien –insistió el desconocido–. Por favor, pase dentro.

–No, de verdad, yo… –insistió Sam algo temerosa.

Al sentir que un brazo la agarraba de la cintura, intentó zafarse, pero no lo consiguió.

–Puede sentarse en el bar y descansar –le dijo el desconocido llevándola hacia una estancia donde, gracias a Dios, no olía a cerveza y en la que se oía una música muy agradable–. Hay una butaca muy cómoda ahí –le indicó la voz en tono autoritario pero amable.

El bar estaba decorado estilo principios del siglo XX, con techos pintados, suelos de madera encerada y colores suaves.

Sam dejó que el desconocido la llevara hacia una butaca de cuero que había en una esquina en penumbra.

–Gracias –murmuró–. No sé qué me ha pasado.

–Descanse mientras le traigo algo de comer.

–No se moleste…

–No es ninguna molestia.

Una vez a solas, Sam se dio cuenta de que, efectivamente, necesitaba comer algo. Era cierto que últimamente apenas se acordaba de la comida. Había perdido el apetito.

Había unas cuantas personas sentadas en las mesas, pero, a diferencia de los que estaban fuera, gritando y riéndose a carcajadas, los de allí dentro hablaban en voz baja y se reían con mesura.

Dos camareros montaron una mesa delante de la butaca en la que estaba sentada y le pusieron un mantel de hilo blanco impecable y cubertería de plata.

–Aquí tiene –anunció el desconocido dejando un plato ante ella–. Cigalas con arroz. Recomendación del médico.

–Gracias –contestó Sam elevando la mirada–. Es usted muy amable.

–No, esto no lo hago por amabilidad –contestó el desconocido de ojos color caramelo–. Es que queda muy mal que una mujer se desmaye en la puerta de mi restaurante. Me ahuyenta a la clientela.

–Ya, supongo que es mucho mejor que pase dentro. Eso seguro que atrae a la clientela en lugar de ahuyentarla –contestó Sam sonriendo tímidamente.

El desconocido sonrió con una calidez que la sorprendió. Tenía rasgos cincelados y el pelo oscuro peinado hacia atrás. Lo cierto era que era tan guapo que parecía de mentira.

–¿Por qué me mira así? –le preguntó.

–Estoy esperando a que pruebe la comida.

–Ah –contestó Sam agarrando el tenedor y probando el arroz–. Está realmente delicioso –añadió sinceramente.

El desconocido sonrió satisfecho.

–¿Qué quiere beber?

No se lo había preguntado como si fuera un camarero sino, más bien, con el tono que emplean los hombres cuando ligan en los bares.

Al instante, Sam sintió un escalofrío por la espalda. Qué miedo le daba volver a ser soltera de nuevo.

—Un vaso de agua, por favor —contestó con el tono propio de las señoras ricas de Park Avenue.

El desconocido se esfumó, Sam suspiró aliviada y se dedicó a dar buena cuenta del marisco guisado. Llevaba todo el día andando, intentando localizar al hombre que creía que era el hijo perdido de su marido.

Había encontrado la casa de Louis DuLac en Royal Street, pero no lo había encontrado a él. Había ido a buscarlo dos veces y la segunda el ama de llaves le había cerrado la puerta en las narices.

La ciudad estaba llena de turistas porque era no sé qué fiesta. Sam no lo había tenido en cuenta cuando había planeado el viaje. Como disponía del avión privado de su marido, no había tenido necesidad de acudir a una agencia de viajes y nadie se lo había advertido.

Sabía que no era Mardi Gras porque eso era en febrero o en marzo y estaban en octubre, pero en cualquier caso se alegró de disponer todavía de las habitaciones de diez mil dólares la noche porque suponía que los hoteles estarían ocupados.

Al oír descorchar una botella, elevó la mirada. Por lo visto, el señor encantador había decidido que Sam podía permitirse una botella de champán de setecientos dólares.

Eso le pasaba por llevar zapatos de Louboutin.

—No... —protestó.

—Invita la casa —murmuró el desconocido sirviéndole una copa.

Sam se quedó perpleja. Ni los someliers predilectos de Tarrant invitaban a una botella de Krug así como así.

–¿Y eso?

–Me parece usted demasiado hermosa para estar tan triste.

–¿Y no se le ha ocurrido pensar que, tal vez, tenga buenos motivos para estar triste?

–Sí –contestó el desconocido entregándole la copa y sentándose a su lado–. ¿Tiene usted una enfermedad terminal y se va a morir? –le preguntó muy serio.

–No –contestó Sam.

–Menos mal –suspiró el desconocido–. Brindemos por ello –añadió sirviéndose una copa para él y levantándola.

Sam brindó y probó el champán. Las carísimas burbujas juguetearon en su lengua.

–¿Qué me habría dicho si hubiera contestado que me estaba muriendo?

–Le hubiera aconsejado que viviera cada día como si fuera el último –contestó el desconocido, que tenía unos ojos color caramelo de lo más atractivos–, que me parece un buen consejo en cualquier caso.

–Cuánta razón tiene usted –suspiró Sam.

Tarrant, su marido, había sentido tal pasión por la vida que había vivido más de lo que sus médicos esperaban. Sam se había jurado a sí misma seguir su ejemplo, pero, de momento, no le estaba yendo muy bien.

Se dijo que beber champán era un buen comienzo.

–Brindo por el primer día del resto de nuestras vidas –propuso elevando la copa con una sonrisa.

–Que cada día sea una celebración –añadió el desconocido mirándola intensamente.

Sam sintió una sensación extraña y agradable y la achacó al champán.

–¿Ve al guitarrista? –le preguntó el desconocido señalando a un hombre que había en una esquina–. Tiene ciento un años.

Sam lo miró con los ojos muy abiertos. Se trataba de un hombre de pelo blanco que contrastaba con su piel como el ébano. Era increíble que tuviera pelo a aquella edad y lo más increíble era que estuviera tocando la guitarra con tanta energía.

–Ha sobrevivido a las dos guerras mundiales, a la depresión del 29, a la digitalización de casi todo y al huracán Katrina, toca la guitarra todos los días y dice que cada vez que lo hace su fuego interior vuelve a encenderse con fuerza.

–Qué envidia tener una pasión en la vida.

–¿Usted no tiene ninguna?

–No.

No le iba a contar a aquel desconocido que estaba embarcada en la misión de encontrar a los hijos perdidos de su marido. Incluso sus amigas más íntimas creían que estaba loca.

–A veces, comprar zapatos me alegra la vida –contestó sonriendo y mirando sus Louboutin nuevos.

Por una parte, le habría gustado que el desconocido hubiera puesto cara de asco. Así la sensación extraña se hubiera esfumado, pero no lo hizo sino que sonrió.

–Christian es un artista –comentó– y el arte siempre nos alegra la vida.

–¿Lo conoce?

–Sí, he vivido varios años en París y me gusta ir mucho por allí.

–La verdad es que me sorprende que haya sabido usted quién ha diseñado mis zapatos. A la mayoría de los hombres no les interesan estas cosas.

–A mí siempre me han gustado las cosas bellas –contestó el desconocido mirándola a los ojos.

No había sido una mirada ni sexual ni sugerente, pero a Sam le pareció que le estaba diciendo «como tú».

En lugar de sentirse incómoda, se sintió deseable, algo que hacía mucho tiempo que no sentía.

–¿Nueva Orleans siempre es así? –preguntó apartando aquel pensamiento de su mente.

–Sí –contestó el desconocido sonriendo–. Hay gente que viene y se lo pasa tan bien que se olvida hasta de comer –añadió mirando el plato de Sam, que estaba casi vacío.

Sam sonrió. Era mejor que pensara que estaba allí de vacaciones, pasándolo bien. Podría haber sido así porque a Tarrant le encantaba el jazz y habían hablado en unas cuantas ocasiones de ir a Nueva Orleans para el festival de primavera.

–Se ha vuelto a poner triste –la acusó el desconocido–. Necesita bailar.

Sam miró hacia la pista de baile, donde unas cuantas parejas muy elegantes estaban bailando. Al instante, sintió que la adrenalina corría por su torrente sanguíneo.

–Oh, no, no. Me es imposible con los zapatos nuevos –contestó dando un sorbito al champán.

Era viuda y estaba de duelo aunque le había prometido a Tarrant que jamás vestiría de negro. Ni siquiera para el entierro.

—A Christian le horrorizaría saber que una mujer ha puesto de excusa sus zapatos para no bailar.

—Entonces, no se lo diga.

—Puede dar por hecho que se lo diré… a menos que acceda a bailar conmigo. Me parece que es lo mínimo que puede hacer en pago por haberla rescatado de las calles y haberla alimentado —bromeó.

Sam chasqueó la lengua.

—Así dicho, cualquiera diría que soy una vagabunda.

—Una vagabunda con zapatos de Christian Louboutin —contestó el desconocido poniéndose en pie y tendiéndole la mano.

Sam la aceptó y se puso en pie. Era una mujer educada en la alta sociedad y sabía cómo comportarse. Además, ¿qué tenía de malo un baile? Seguro que Tarrant preferiría verla bailar que llorando por las esquinas.

El desconocido le hizo un gesto al guitarrista, que le guiñó el ojo y comenzó a interpretar otra canción. Sam sintió que la emoción la embargaba al pisar la pista de baile. Hacía mucho tiempo que no bailaba.

La música los envolvió y creó un ambiente de lo más sensual. Sam se fijó en que su compañero de baile era alto y tenía los hombros anchos, además de una mandíbula sólida y autoritaria, como el resto de él.

El hombre en cuestión la tomó de la mano y entrelazó sus fuertes dedos con los de Sam.

–¿Qué música es ésta? –preguntó Sam sin atreverse a levantar la mirada porque lo tenía demasiado cerca.

–A mí me parece que es un mambo –contestó el desconocido.

Sam dejó que sus pies se acomodaran al ritmo del mambo, recordando las lecciones que años atrás había tomado en la escuela de baile. Intentó concentrarse en los pasos, en moverse de manera elegante y en mantener las distancias con su compañero, que olía a especias, como la comida que había degustado, y a algodón.

–Me gusta su camisa –comentó elevando la mirada hasta su rostro.

–No hace falta que se muestre educada. Ya me he dado cuenta de que es buena persona –contestó el desconocido con un brillo travieso en los ojos.

–¿Ah, sí? ¿Y cómo lo sabe?

–Se me da bien saber cómo son las personas a primera vista. Es un don que he heredado de mi abuela, que leía las hojas del té. Su gran secreto era mirar a las personas a la cara mientras ellas miraban las hojas.

–¿Y cómo se hace eso?

–Por la expresión facial podemos saber lo que es importante para una persona. Las arrugas y cómo está configurado el rostro nos dicen mucho de ella.

–Vaya –comentó Samantha, que sabía que a sus treinta y un años todavía le quedaba mucho para pasar por el quirófano, pero también era consciente de que su belleza iba en declive.

–El hoyuelo que tiene usted en la barbilla me indica que le gusta sonreír y que lo hace a menudo y la inclinación de sus ojos indica que le gusta hacer felices a los demás.

–Es cierto –contestó Sam riendo nerviosa–. Me gusta que los demás se encuentren a gusto. Voy por la vida con el sí por delante.

–Pero tiene usted un carácter fuerte. Eso lo sé por cómo anda. Le gusta hacer las cosas bien.

Sam frunció el ceño y pensó en aquellas palabras. ¿Sería cierto? A lo mejor andaba de aquella manera única y exclusivamente porque se había entrenado para los concursos de belleza.

Era cierto que se había esforzado por madurar, por aprender de los errores de sus matrimonios fallidos y se había esforzado para que los últimos años de vida de Tarrant fueran buenos.

–Y está usted muy triste –concluyó el desconocido, que se había ido acercando y ahora le hablaba al oído.

–Estoy bien –contestó Sam intentando convencerse a sí misma.

–Está usted bien, sí –contestó el desconocido acariciándole la espalda–. Está usted muy bien, pero mi abuela le hubiera aconsejado que respirara.

–Estoy respirando –protestó Sam.

–Respira de manera superficial –insistió su compañero de baile inclinándose sobre ella de manera que Sam sentía su aliento en el cuello–. Respira lo justo para mantenerse a flote, para superar el día. Lo que tiene que hacer es inhalar profundamente para oxigenarse de la cabeza a los pies –le aconsejó mirándola a los ojos.

—¿Ahora? –preguntó Sam tragando saliva.

—¿Por qué dejar para mañana lo que puedes hacer hoy?

Lo había dicho sonriendo. Tenía una sonrisa agradable y amistosa. Sam no era una experta en leer las hojas de té, pero también se le daba bien saber de qué ánimo estaban las personas, un mecanismo de supervivencia que había aprendido de pequeña para mantenerse a flote en su volátil casa.

—Venga, respire –le indicó parándose y esperando a que Sam obedeciera.

Sam tomó aire para no atraer las miradas de los demás. Al hacerlo, el pecho se le hinchó bajo el fino vestido blanco, pero no aguantó mucho y lo soltó apresuradamente, sonrojándose.

—Buen intento. Otra vez –le indicó el desconocido–. Tome aire profundamente de manera que yo lo sienta en la yema de los dedos –añadió tocándole la espalda entre los omoplatos.

Sam miró a su alrededor algo incómoda.

—Respirar no es ningún delito –la tranquilizó el desconocido–. Venga, los dos a la vez. Una, dos y tres… –añadió tomando aire e hinchando el pecho.

Sam volvió a tomar aire e intentó retenerlo como él. Cuando exhaló, se sentía algo angustiada.

—Qué vergüenza –comentó.

—No, lo ha hecho muy bien. Hay mucha gente que no respira profundamente jamás, que va por la vida reteniendo el aliento sin darse cuenta. Y no es bueno hacerlo –comentó volviendo a tomarla entre sus brazos y dándole unas cuantas vueltas al ritmo de la música de manera tan apresurada que Sam no tuvo más remedio que inhalar varias veces seguidas–. Hay que respirar la vida, lo bueno y lo malo.

–¿También lo malo?

–Claro. Si intentamos evitar lo malo, terminamos perdiéndonos también lo bueno –contestó el desconocido dedicándole una mirada felina que Sam intentó ignorar.

No tenía muy claro qué había sucedido, tal vez hubiera sido aquello de respirar profundamente, pero algo había cambiado.

El baile se fue haciendo cada vez más intenso, el desconocido la atraía hacia su cuerpo para luego soltarla dando vueltas y volverla a reclamar a su lado. Al guitarrista se había unido un percusionista en el escenario y el ritmo hipnótico de los bongos se fue apoderando de Sam hasta que sus pies cobraron vida propia.

Entonces, se encontró moviéndose cada vez más rápido, bailando como si le fuera la vida en ello, inhalando y exhalando profundamente mientras daba vueltas por la pista con la sensación de que iba por encima del suelo, de que no le estaba costando ningún esfuerzo moverse así.

Sam se rió encantada y continuó bailando hasta que la canción terminó, momento en el que se dejó caer entre los brazos de su compañero de baile.

–Ha sido fantástico.

–Baila usted muy bien.

–Hacía mucho tiempo que no bailaba, pero eso de la respiración me ha ayudado mucho.

–Es sólo inhalar y exhalar.

–Es curioso con qué facilidad olvidamos las cosas más sencillas, que suelen ser las más importantes.

El desconocido le hizo una señal de nuevo al guitarrista, que se decantó por una balada lenta.

Sam comenzó a moverse instintivamente y de manera seductora al ritmo de los acordes. En el interior del local hacía calor y sabía que estaba sudando, pero le daba igual.

Su compañero de baile la estaba mirando y Sam se sentía bien, así que tomó aire y exhaló y disfrutó de la sonrisa que él le dedicó.

«No sé cómo se llama».

Qué raro se le hacía estar bailando con un hombre al que no conocía de nada. Lo único que sabía era que era el dueño del local.

¿Y si le preguntaba cómo se llamaba? No, no le apetecía hacerlo. Prefería que su relación se mantuviera en el anonimato. A lo mejor en Nueva Orleans el nombre de Samantha Hardcastle no decía nada, pero en Nueva York llevaba meses en las portadas de los periódicos.

La llamaban la viuda rica porque, ahora que su marido había muerto, podía disponer de sus millones. Lo decían como si le hubiera tocado la lotería. Al pensar en ello, sintió que la bilis se le subía a la garganta. No, definitivamente, no quería que aquel desconocido supiera nada de aquello, no quería que pudiera pensar que era una cazafortunas que se había casado con un viejo multimillonario.

–¿Está bien? –le preguntó el desconocido.

Sam se dio cuenta entonces de que su respiración había vuelto a hacerse superficial y entrecortada.

—Sí, claro que sí —le aseguró tomando aire profundamente de nuevo.

Ambos se rieron mientras lo exhalaba.

Al guitarrista y al percusionista se había unido un saxofonista que tocaba con los ojos cerrados, completamente embrujado por la melodía.

Sam se dejó arrastrar también por ella y bailó de manera desenfadada. Su cuerpo y el del desconocido no se tocaban, pero se movían al unísono. Le parecía que su compañero de baile lo hacía muy bien, pues se movía de manera sensual y elegante.

A lo mejor era por el champán, pero Sam sentía una extraña ligereza, como si todas sus preocupaciones se hubieran evaporado y fuera libre y ligera.

—¿Es bailarina profesional? —le preguntó el desconocido inclinándose sobre su cuello.

Sam se ruborizó.

—He competido unas cuantas veces. ¿Por qué? ¿Le parece que bailo de manera artificial?

—No hay nada artificial en su manera de bailar, pero me ha parecido refinada, como todo en usted —contestó el desconocido sonriéndole para que se tranquilizara.

Sam sabía perfectamente que así era su apariencia. Así había tenido que ser al convertirse en la esposa de Tarrant. Entre comidas y cenas, solía pasarse el tiempo en la peluquería y en el salón de manicura. Estaba tan acostumbrada a esa forma de vivir que ya no tenía ni idea de cómo sería sin vestidos de alta costura.

¿Qué quedaría si se deshiciera de todos los revestimientos?

En aquellos momentos, no le importaba. Lo único que le interesaba era aquella mirada de aprecio que veía en los ojos de su compañero de baile, que tenía un cuerpo maravilloso, fuerte y musculado.

¿Cuántos años tendría?

Seguramente, treinta y pocos, igual que ella. A pesar de su juventud, Sam solía sentirse como una anciana.

El desconocido le tomó la mano izquierda. Qué raro se le hacían no llevar el anillo de pedida y la alianza de casada que Tarrant le había entregado tan sólo hacía cuatro años.

No los llevaba porque el anillo de pedida era un solitario tan grande que era imposible llevarlo sin guardaespaldas y Tarrant había querido que le pusiera la alianza en el ataúd, como Jackie Kennedy había hecho con su famoso marido.

Él siempre tan melodramático.

–Está sonriendo –comentó su compañero de baile.

–Sí, es que me he acordado de tiempos felices –contestó Sam dándose cuenta de lo extraño que era que aquel recuerdo le pareciera feliz.

Al instante, se le borró la sonrisa del rostro.

–No sé qué ha pasado, pero ya no sonríe. Creo que lo mejor sería que se concentrara usted en el presente –le indicó pasándole el brazo por la cintura.

Al hacerlo, los pechos de Sam entraron en contacto con su torso y Sam sintió una agradable sensación de placer por todo el cuerpo.

—Me encanta esta canción –murmuró el desconocido–. Me hace pensar en un día sin hacer nada en los pantanos, disfrutando del sol y del mar, oyendo a los pájaros cantando desde las ramas de los árboles y a lo lejos el ruido de algún pesquero.

Lo había descrito de tal manera que Sam se imaginó la escena perfectamente y le pareció que había un gran contraste entre ella y la atareada vida de la ciudad.

—¿Va mucho?

—Todo lo que puedo.

No le veía la cara porque, al agarrarla, se había colocado tan cerca de ella que le era imposible. El desconocido había descansado ambos brazos alrededor de su cintura y Sam se dio cuenta de que ella había deslizado los suyos alrededor de su cuello. Al mirar alrededor, comprobó que las demás parejas estaban bailando igual.

El desconocido apoyó su mejilla sobre la de Sam, que sintió una deliciosa sensación que casi había olvidado.

Casi, pero no del todo.

El deseo reverberó por todo su cuerpo. Lo sentía en las palmas de las manos, en los pezones y en la lengua, que se preguntaba a qué sabría aquel desconocido. No tardó en averiguarlo, pues sus labios se encontraron y Sam abrió la boca de manera que sus lenguas se tocaron.

A continuación, se apretó contra él y se entregó al beso con la misma pasión con la que se había entregado a la música. Con los ojos cerrados, vio fuegos artificiales y su pantalla mental se llenó de luces y de colores mientras sus lenguas danzaban al unísono.

Al cabo de un rato, sintió que su desconocido se retiraba y que en lugar del calor de su cuerpo aparecía el frío del aire acondicionado.

Al abrir los ojos, se dio cuenta de que se había mareado un poco.

–Ven conmigo –le dijo el desconocido sin mirarla.

A continuación, agarrándola de la cintura la sacó de la pista de baile. Los rostros y los cuerpos de los demás bailarines se desfiguraron.

«Pero si sólo he tomado un poco de champán», pensó Sam.

Le temblaban las piernas y estaba segura de que, si no hubiera sido porque el desconocido la estaba sujetando, se habría caído al suelo.

Salieron del restaurante por una puerta lateral que daba a un pasillo poco iluminado. Al otro lado, el desconocido abrió una puerta de madera y la invitó a pasar a una preciosa habitación decorada en el mismo estilo que el bar.

–¿Es una Tiffany? –preguntó Sam fijándose en una lámpara de vivos colores.

–Sí, de la colección de mi madre.

–Son carísimas, ¿no? –comentó Sam.

El todavía desconocido se encogió de hombros y abrió un armario.

–¿Para qué sirven las cosas bonitas si no las puedes disfrutar? –se preguntó de manera retórica sacando dos copas y otra botella de Krug.

–Te gusta disfrutar de la vida, ¿verdad?

–Me considero un privilegiado por tener oportunidad de disfrutar de la vida. Sería una locura por mi parte no hacerlo.

Sam sonrió y aceptó la copa del burbujeante líquido.

–¿Vives aquí?

–No, ésta es mi oficina.

–Me encanta –comentó Sam mirando a su alrededor y preguntándose si habría un dormitorio por algún lado.

–Está decorada exactamente igual que en 1933, cuando mataron al propietario.

–¿Y eso? ¿Quién lo mató?

–Su amante –contestó el actual propietario–. Por acostarse con su mujer.

Sam sonrió.

–Entiendo. A la amante no le haría ninguna gracia.

Para entonces habían cruzado la estancia y habían entrado en un dormitorio en el que había una cama enorme. Una vez allí, el desconocido encendió un fonógrafo Victrola y puso un disco de manera que el ambiente quedó embargado por las notas de una gran orquesta.

–Me encanta tu sonrisa –sonrió mirando a Sam a la boca.

–Gracias. A mí también me gusta mucho, pero últimamente no la he podido utilizar demasiado.

El desconocido no apartaba los ojos de sus labios y Sam sintió que le faltaba la respiración.

¿De verdad lo había besado?

El desconocido dejó su copa sobre una mesa.

Sam sintió que el deseo se apoderaba de ella y que la anticipación y el miedo se mezclaban en su interior mientras observaba su boca y se preguntaba si la iba a volver a besar.

Como si le estuviera leyendo el pensamiento, el desconocido se apoderó de sus labios en un movimiento tan rápido que la dejó sin aliento.

Louis DuLac había besado a muchas mujeres, había acariciado muchos cuerpos y se había mirado en muchos ojos preñados de deseo, pero nada se podía comparar con aquella mujer.

Nunca había conocido a una mujer que mirara y se moviera con tanta pasión e intensidad como para hacer que saltaran chispas a su alrededor.

Aquella mujer que tanto le gustaba era rubia de ojos azules, delgada, casi frágil, y tenía unos muslos tan delgados que su abuela la habría invitado a comer.

Que era, exactamente, lo que él había hecho.

—¿Por qué sonríes? —le preguntó.

—Tú también sonreirías si estuvieras viendo lo que veo yo —contestó Louis.

Estaba ante él desnuda, medio tapada con las sábanas, su cuerpo suavemente iluminado por la luz roja que desprendía una lámpara cercana, sus pechos, pequeños y turgentes, tenían aspecto casi adolescente, pero la distancia que Louis percibía en sus ojos reflejaba mucha experiencia.

Louis alargó el brazo y le acarició un pezón, que se endureció inmediatamente. Se dio cuenta de que se le había acelerado la respiración y, cuando deslizó la mano entre sus piernas, comprobó que estaba muy excitada.

Su olor, una mezcla de perfume francés y el aroma de su piel y de su pelo, lo volvió medio loco.

Louis siguió con su lengua la estela de sus dedos y observó cómo la desconocida echaba las caderas hacia delante, así que profundizó su exploración mientras ella se dejaba caer sobre la almohada y se entregaba a las sensaciones.

Louis observó encantado cómo disfrutaba de lo que le estaba dando y se retiró, lo que provocó que la rubia de ojos azules abriera los ojos de par en par y lo mirara estupefacta.

–Tranquila, tenemos toda la noche.

Louis esperaba que así fuera, pero, en realidad, no tenía ni idea de si su compañera de cama tendría que irse.

¿Habría alguien esperándola?

No llevaba alianza. Aunque eso no tenía por qué querer decir nada, lo dejaba más tranquilo. No quería terminar como el anterior propietario del local.

–Quiero besarte –declaró ella incorporándose y mirándolo con un brillo inconfundible en los ojos.

Lo había dicho de manera tan tierna e inocente que Louis estuvo a punto de olvidar la maestría con la que se había desnudado.

Desde luego, era todo misterio.

De repente, se mostraba tímida y reservada y, en un abrir y cerrar de ojos, refinada y atrevida. Vestida exudaba dinero y clase, pero los zapatos de Louboutin y el vestido de Galliano no escondían su pena. No había que ser muy listo para darse cuenta de que aquella mujer llevaba a las espaldas una pena terrible que apenas la dejaba respirar.

Louis se dijo que no tendría que haberla llevado allí.

Era demasiado frágil, demasiado delicada, demasiado peligrosa.

Louis tuvo la extraña sensación de que, si descubría sus misterios, sería como abrir una caja de Pandora que sumiría su vida en un completo caos, pero no pudo evitarlo.

Capítulo Dos

Sam se despertó de repente.
Parpadeó y estiró el brazo para encender la luz, pero no la encontró. Al hacerlo, tocó el cuerpo de su marido.
¡Pero su marido había muerto!
Sam se incorporó con el corazón latiéndole aceleradamente.
De repente, recordó ciertos ojos color caramelo, ciertas manos fuertes y sensuales, cierta sonrisa seductora.
Oía la respiración de otra persona en la oscuridad. ¿Por qué estaba todo oscuro? Apenas se oía ruido en la calle.
Entonces, recordó que estaba en Nueva Orleans, en la cama de un hombre al que no conocía de nada.
Y sintió que el corazón se le paraba. Sentía la entrepierna pegajosa y los ecos del deseo en el interior de su cuerpo.
Había hecho el amor con el hombre que estaba tumbado a su lado.
Ni siquiera sabía cómo se llamaba. No sabía absolutamente nada sobre él, pero se había desnudado y se había metido en la cama como una... como una...
Sus pupilas se habían ajustado a la oscuridad y veía

el contorno de los muebles, así que se levantó sin hacer ruido.

¿Pero cómo demonios se le había ocurrido hacer aquello? Menos mal que aquel hombre no sabía quién era.

Ya le parecía estar viendo los titulares: «Cazafortunas vuelve a las andadas». Y no andarían desencaminados, pues no hacía ni seis meses que su marido había muerto y ya estaba desnuda en la cama de un desconocido guapo.

¿Se había vuelto loca?

El miedo la hizo ponerse en marcha. Miró hacia atrás y vio que su compañero de cama estaba dormido, así que se apresuró a vestirse. Menos mal que se había desnudado ella y sabía dónde había dejado la ropa, en una butaca que había al lado de la cama.

Con las sandalias en la mano, se acercó a la puerta. Una vez allí, giró el pomo con mucho cuidado y volvió a mirar hacia atrás. Su compañero de cama seguía dormido.

Su amante.

Al recordar sus caricias, se estremeció de pies a cabeza. Hacía mucho tiempo que no había sentido nada así. Sam tragó saliva y cerró la puerta tras de sí con mucha lentitud.

No supo si sentirse aliviada o triste al cerrarla por completo y dejar atrás a su amante. ¿Estaría soñando con ella?

Una vez en el bar, cruzó la pista.

No podía apartar de su cabeza una palabra que la estaba incomodando sobremanera.

Traición.

Había traicionado a su esposo, había traicionado las promesas que le había hecho y se había traicionado a sí misma, había traicionado además el objetivo que la había llevado a Nueva Orleans, que era encontrar al hijo perdido de Tarrant, su heredero, y llevarlo a casa para que conociera a su familia.

Sí, también se había traicionado a sí misma. Ahora que creía que se había convertido en una persona estoica y responsable, que ya había dejado atrás a la chica cabeza loca que había sido, había descubierto que no era tan fácil, pues estaba tan desesperada que se iba a la cama con el primero que aparecía.

Sam recorrió a toda velocidad la distancia que la separaba de la puerta de la calle. Al llegar, vio un coche que se acercaba y pasaba de largo y se escondió avergonzada. ¿Cómo demonios se había metido en aquel lío? Ella que creía que había madurado y que había dejado atrás los errores que había cometido en el pasado.

Tuvo que forcejear con la cerradura de seguridad durante unos minutos antes de poder abrir la puerta, pero finalmente lo consiguió.

Hasta que no estuvo en la manzana siguiente no se puso las sandalias. No había nadie en la calle. ¿Encontraría el hotel y podría volver a su vida normal o estaría condenada a pasar la eternidad vagando por aquellas calles oscuras y húmedas que no conocía? Probablemente, se merecía la segunda opción.

***

Con los ojos todavía cerrados por el sueño, Louis alargó el brazo con la certeza de que encontraría un cuerpo caliente y femenino al lado, pero no encontró nada más que un espacio vacío sobre las sábanas.

Aquello le hizo abrir los ojos a toda velocidad.

Había soñado con ella y ahora no estaba.

Louis se incorporó y vio que su ropa había desaparecido también.

Entonces, se dejó caer sobre el colchón de nuevo. Estaba realmente decepcionado. Era una mujer misteriosa, así que no debería sorprenderlo que se hubiera ido. Ni siquiera le había dicho cómo se llamaba ni de dónde era. Claro que él tampoco se lo había preguntado. No lo había hecho porque estaba casi seguro de que no se lo iba a decir.

Habían pasado una noche maravillosa, una noche sin expectativas, sin obligaciones y sin despedidas lacrimógenas, unas cuantas horas de intenso placer y, probablemente, jamás la volvería a ver.

Lo que debería parecerle bien.

Sin embargo, por alguna extraña razón, no era así.

Sam se pasó los dedos por el pelo al acercarse a la preciosa casa de Louis DuLac por tercera vez. Se trataba de un edificio ubicado en el barrio francés.

Mientras lo hacía, se tocó de manera ausente el anillo de oro que Tarrant le había regalado en su primer aniversario de boda y que siempre llevaba.

Por alguna extraña razón, había olvidado ponérselo la noche anterior. Claro que aquella noche había olvidado también comportarse con dignidad, sus responsabilidades y su sentido común. No quería recordar que hacía unas horas estaba en la cama con un completo desconocido, inhaló profundamente de nuevo y llamó al timbre.

Había ido a Nueva Orleans para encontrar al hijo perdido de su marido, para hablar con él y presentárselo a la familia y no iba a permitir que un error personal interfiriera en sus planes.

En cualquier caso, lo que había sucedido aquella noche había sido producto de su soledad, así que estaba dispuesta a perdonarse a sí misma.

Sam rezó para que aquel hombre estuviera en casa, pero no se oía nada en el interior del edificio. Por lo visto, hasta la doncella había salido.

Sam volvió a llamar. En aquella ocasión, oyó pasos en el interior y esperó.

La persona que acudía a abrir estaba hablando por teléfono.

–Sí, el sitio no está mal, pero necesita una reforma integral y, si queremos abrir para la próxima temporada, no sé si nos va a dar tiempo… Espera un momento…

Sam reconoció algo en aquella voz que la hizo sentirse incómoda.

En aquel momento, se abrió la puerta y se encontró cara a cara con el desconocido de la noche anterior. Él también la reconoció y sonrió encantado.

–Un momento –volvió a decirle a la persona con la que estaba hablando por teléfono.

–Lo siento... yo... creo que me he confundido –se disculpó Sam dando un paso atrás.

–Adelante –le dijo Louis haciéndose a un lado.

–No, no puedo…no quería…

–Luego te llamo –dijo Louis colgando el teléfono y agarrándola de la muñeca para que no se fuera–. ¿Te crees que puedes aparecer en mi casa y volver a desaparecer como si tal cosa?

Sam se sintió culpable. Aquel hombre debía de estar enfadado.

–¿Cómo sabes dónde vivo? Ni siquiera nos hemos dicho cómo nos llamábamos –sonrió sin embargo–. ¿Cómo te llamas?

–Yo… me llamo Samantha Hardcastle.

Al desconocido se le borró la sonrisa del rostro.

–¿Cómo?

–Me llamo Samantha Hardcastle y he venido a buscar al hijo de mi marido. Se llama Louis DuLac, pero me he debido de confundir de dirección y…

–No, no te has confundido –dijo el desconocido–. Yo soy Louis DuLac.

Sam sintió que las piernas se le doblaban.

–No puede ser, es imposible –balbuceó.

–Imposible o no, así es. Pasa –insistió tirando de ella hacia dentro.

–Madre mía –murmuró Sam–. Así que eres el hijo de mi marido… oh, no… –se lamentó.

–No sé qué está ocurriendo aquí, pero pronto lo averiguaremos –contestó Louis mirándola con el ceño fruncido–. Cuéntamelo todo.

Sam tragó saliva. Le hubiera gustado salir corriendo de allí, pero debía comportarse de manera civilizada, así que se obligó a aceptar la invitación.

–¿Eres Louis DuLac?

–Desde el día que nací.

–Entonces, debe de ser que hay otra persona con tu nombre.

Louis la miró y se cruzó de brazos.

–Sé perfectamente quién eres ahora que me has dicho tu nombre. Llevo ignorando tus cartas y tus llamadas telefónicas muchos meses.

–¿Por qué?

–Creo que sería mejor que habláramos en mi despacho.

–No me parece muy buena idea.

–No te preocupes, te aseguro que no te voy a arrancar la ropa.

Sam se ruborizó. Si mal no recordaba, la noche anterior había sido ella la que se había desnudado. Se merecía su burla.

–Mi despacho está arriba –anunció Louis subiendo las escaleras.

Sam lo siguió fijándose en las antigüedades que adornaban el espacio de manera minimalista. El aire acondicionado se agradecía, pues aunque era pronto el ambiente ya estaba caliente y húmedo. Olía a lavanda.

–¿Vives solo? –le preguntó mordiéndose la lengua nada más hacerlo.

–Sí –contestó Louis–. ¿Lo dices por si anoche engañé a mi mujer? Tranquila. Estoy soltero y sin compromiso.

–No lo decía por eso –le aseguró Sam sin mucha convicción–. Era sólo curiosidad.

–La curiosidad mató al gato –contestó Louis sonriendo de medio lado–. Por favor, pasa –le indicó abriendo la puerta de un despacho.

–Esta casa es espectacular –comento Sam fijándose en los altísimos pechos.

–Gracias. La heredé de mis abuelos y la he ido reformando poco a poco –contestó Louis–. Siéntate y cuéntame exactamente qué haces aquí –le ordenó.

Louis se arrellanó en su butaca y esperó. Aquella rubia tenía que darle una explicación. Primero lo volvía loco en la cama, luego desaparecía en mitad de la noche sin despedirse y ahora aparecía en su casa para decirle que era la persona que le había estado mandando aquellos extraños mensajes sobre un padre perdido en la espesura de los tiempos que quería recuperar el contacto.

Era evidente que estaba nerviosa.

Louis se fijó en que no paraba de darle vueltas a un anillo de oro que llevaba en el dedo corazón de la mano derecha.

–He venido a Nueva Orleans para hablar contigo personalmente porque no has contestado a mis llamadas ni a mis cartas.

–¿Y te pareció buena idea acostarte conmigo primero?

–¡No sabía quién eras! –le aseguró Sam sonrojándose–. No era mi intención acostarme con nadie y menos...

«¡Con mi hijastro!».

–¿Qué te hace pensar que soy hijo de tu marido?

–Para empezar, quiero que sepas que mi marido murió hace seis meses –le contó Sam.

–Lo siento –contestó Louis viendo por la expresión de su rostro que todavía le dolía.

–Cuando se enteró de que se estaba muriendo, decidimos encontrar a los hijos que había tenido, así que contratamos a una detective privada y le dimos toda la información de la que disponíamos. Luego, con la ayuda de las pruebas de ADN, fuimos verificando las identidades. Así encontramos a Dominic y a Amado.

–¿Y cómo habéis dado con mi familia?

–Tu madre se llama Bijou DuLac.

–Sí, así es.

–Tuvo una aventura con Tarrant, mi marido, durante el invierno de 1977.

–¿En París?

–No, en Nueva York. Estaba de gira, había ido para unos conciertos. Estuvieron juntos un mes y, luego, ella volvió a París. Según esta investigadora, dio a luz a un hijo ocho meses después. Creemos que tú eres ese hijo.

Louis sintió una sensación incómoda.

–Soy hijo único, así que, podría ser –contestó algo irritado.

¿Qué demonios hacía allí aquella persona husmeando en su vida privada? Nunca había sabido quién era su padre y le daba igual. A aquellas alturas de la vida, no necesitaba que nadie le fuera con ningún cuento.

–Mi madre me dijo que yo nací del encuentro entre un saxofón y un oboe.

–¿Y ella cuál era? –preguntó Sam estupefacta.

–No sé. No me dio tantos detalles –contestó Louis riéndose.

Aquello hizo que Sam se tranquilizara.

–No sé si soy la persona a la que estás buscando, pero me alegro de que hayas aparecido en mi casa. Fue de muy mala educación por tu parte irte sin darme un beso de despedida.

–Lo siento mucho –se disculpó Sam bajando la mirada y retorciéndose los dedos–. No sé qué decir. Ha sido terrible. Nunca debió suceder.

Al ver que estaba realmente apesadumbrada, a Louis entraron ganas de abrazarla. Aunque le acababa de decir que se arrepentía de acostarse con él, parecía a punto de llorar, así que le fue imposible enfadarse con ella.

–Menos mal que no es fácil herirme –comentó–. No estoy acostumbrado a que las mujeres me digan que pasar una noche conmigo es terrible.

–No tenía ni idea de quién eras –le aseguró Sam mirándolo a los ojos.

–Y sigues sin saberlo –contestó Louis viendo que estaba al borde de las lágrimas–. No hemos hablado mucho. Creo que empezaré yo. Nací en París y me crié entre Francia y Nueva Orleans. Soy propietario de seis restaurantes de lujo y, cuando me apetece, toco la guitarra... a los mejor, ahora que lo pienso, ya lo sabías.

–Todo menos lo de la guitarra.

–Bueno, yo no sé absolutamente nada de ti.

Sam tomó aire, lo que Louis agradeció mucho porque, al hacerlo, se le hinchó el pecho.

–¿Sabes quién es Tarrant Hardcastle?

–Pues claro. He estado en The Moon, su restaurante de Nueva York. Incluso podríamos decir que me inspiró para elegir el nombre del último que he abierto aquí.

–La Ronde –murmuró Sam.

–Veo que has hecho los deberes.

–Se supone que es el mejor restaurante de Nueva Orleans.

–Es el mejor restaurante del mundo.

Sam asintió y se lanzó.

–Yo fui... su tercera mujer. Tiene una hija de otro matrimonio, pero, cuando le diagnosticaron un cáncer, me habló de la mujer que había intentado demandarlo por paternidad hacía muchos años. Me contó que muchas veces se había preguntado por aquel niño y por lo que habría sido de él. Sabía que era un chico. Creo que lo que le pasó fue que, cuando tuvo la certeza de que se iba a morir, sintió la necesidad imperiosa de encontrar un heredero.

–¿Y su hija?

–Es muy joven y no está preparada para hacerse cargo de un imperio así. Yo, la verdad es que tampoco, así que me pareció bien que buscara a su hijo. Poco a poco, fue recordando otras aventuras como la que tuvo con tu madre y empezamos a darnos cuenta de que, probablemente, tendría más de un heredero.

—Qué bien.

—No le juzgues con demasiada dureza.

—No le juzgo en absoluto. Por lo visto, yo no soy mejor que él. Aunque anoche utilizamos preservativos, así que no hay riesgo de que hayamos concebido ningún heredero.

Sam parpadeó varias veces y se ruborizó.

—No me avergüences. Ya tengo yo bastante con saber que me he acostado con el hijo de mi marido —añadió muy nerviosa.

—Tranquila. Lo único que sabemos es que nací como resultado del encuentro de mi madre con uno de sus muchos amantes. Hay que tener claro que las personas no somos como los cisnes, no tenemos parejas de por vida.

Sam lo miró estupefacta.

—¿Tu madre nunca ha estado casada?

—No. Según ella, la esclavitud se abolió hace mucho tiempo y no estaba dispuesta a encadenarse a ningún hombre.

—Menudo carácter.

—Digamos que no era una madre muy convencional. Me enseñó a vivir la vida sin tener en cuenta las expectativas de los demás.

Sam asintió pensativa.

—Te digo todo esto para que sepas que el hecho de haberme acostado de manera accidental con mi madrastra no me da ninguna vergüenza.

Sam abrió la boca para contestar, pero no dijo nada.

—De todas formas, todavía no sabemos si eres mi

madrastra, así que podemos hacer como que no lo eres –comentó Louis sonriendo de manera felina.

–¿Estarías dispuesto a hacerte una prueba de ADN?

Louis dudó.

La idea de que unos desconocidos en un laboratorio jugaran en sus secretos más recónditos no le hacía mucha gracia. Por supuesto que a lo largo de su vida había sentido curiosidad por saber quién era su padre, pero, gracias a Dios, había superado aquella etapa.

–¿Para qué? Si el hombre que tú crees que es mi padre está muerto, no veo la necesidad. A menos que sea porque quieres ofrecerme un buen pedazo del imperio Hardcastle.

Sam no contestó.

–Si es ésa tu idea, la respuesta es no. Ya tengo todo el dinero que quiero y estoy muy ocupado con mis restaurantes.

–¿Estarías dispuesto a hacerte la prueba de todas formas?

–¿Para qué? ¿Qué más da si soy su hijo o no?

Louis comprendió que a ella le importaba.

–Comprendo que quieras saber si soy el hijo de tu marido para quedarte tranquila –comentó.

Aquella situación era realmente ridícula.

–Hay un laboratorio aquí cerca. No duele nada. Sólo te toman una muestra de la boca –insistió Sam.

–Algo me dice que no vas a parar hasta que te salgas con la tuya –comentó Louis.

Sam sonrió.

–Di que sí.

ADN. Su padre. Louis tomó aire. La idea de saber

quién era su padre lo ponía nervioso. Para él, la familia significaba obligaciones y expectativas, desencantos y decepciones.

–¿Y si prefiero seguir siendo un tipo sin raíces y completamente libre?

–Eso no va a cambiar porque te hagas la prueba –contestó Sam poniéndose en pie.

Por lo visto, creía que había ganado.

–Me lo pensaré –contestó Louis dejándose llevar por el orgullo–. ¿Qué te parece si quedamos esta noche para cenar y lo hablamos? ¿Has estado en La Ronde?

–No me parece buena idea –contestó Sam tragando saliva.

–¿Tienes miedo de que vuelva a seducirte?

Sam palideció.

–¿O te da miedo seducirme tú a mí?

–La verdad es que no tengo ni idea de cómo reaccionaría, así que creo que lo mejor será que me quede en el hotel –sonrió Sam.

–Yo creo que te lo pasarías mucho mejor si me dejaras que fuera contigo –contestó Louis.

–Por favor, hazte la prueba. No tienes nada que perder.

Se lo había dicho de manera tan suplicante que Louis decidió hacerse la maldita prueba. Por alguna razón que no quería examinar demasiado de cerca quería que la encantadora Samantha Hardcastle fuera feliz.

–Si sales a cenar esta noche conmigo, me haré la prueba.

Sam parpadeó. Parecía al borde de un ataque de pánico. Louis no se podía creer que una mujer fuera a rechazar una invitación así.

–La comida es buena.
–No lo pongo en duda.
–Y la compañía también lo será.

Sam tragó saliva y comenzó a juguetear de nuevo con el anillo.

–Me tengo que ir. ¿Me das un número de teléfono donde pueda localizarte?

Louis garabateó un número en su tarjeta y se la entregó con satisfacción, pues sabía que, tarde o temprano, aquella mujer dejaría de resistirse, lo llamaría y saldrían a cenar.

Y ése sería sólo el principio.

Capítulo Tres

Sam salió de casa de Louis DuLac y avanzó por la calle. Menos mal que no había ido en coche porque necesitaba caminar. Estaba tan tensa que le dolían los músculos de todo el cuerpo.

Había encontrado al hijo perdido de Tarrant.

Y se había acostado con él.

Se sentía tan avergonzada que, por una parte, quería volver a Nueva York cuanto antes y no volverlo a ver, pero no podía hacerlo. Las ilusiones de mucha gente estaban en juego. Para empezar, las de Dominic, que estaba encantado con la idea de que su hermano tuviera restaurantes por el mundo entero.

Dominic era dueño de una cadena de tiendas gourmet y Amado, su hermanastro, tenía una buena bodega. Sólo por eso, ambos estaban convencidos de que Louis era su hermano.

Fiona, la hija de Tarrant, había dicho cuando se había enterado que siempre que iba a Milán, que solía ser una vez al año, comía en el restaurante de Louis DuLac.

Todos se habían mostrado encantados con que fuera a buscarlo, y además, se lo había prometido a Tarrant.

Sam tomó aire profundamente y se preguntó por qué insistía Louis en que cenaran como condición indispensable para hacerse las pruebas de ADN.

Claro que, por otra parte, si resultaba que era hijo de su marido, aquélla no sería ni la primera ni la última cena que compartirían.

Sam pensó que debía conseguir que Louis le prometiera que jamás comentaría con nadie la indiscreción de la noche anterior.

Sería un secreto entre ellos. Nadie sabría jamás que la había besado por todo el cuerpo hasta hacerla estremecerse de pies a cabeza, que la había besado con pasión y que le había dicho todo tipo de palabras eróticas al oído, que la había chupado por todas partes y le había hecho el amor hasta hacerla gritar de placer.

Sam sintió que la piel le enrojecía y que sus entrañas ardían de pasión y de humillación.

Avanzó por la Royal Street sin saber muy bien hacia dónde se dirigía. La adrenalina le hacía seguir caminando. Al girar una esquina, se acercó a un grupo de personas que estaban escuchando a un guitarrista callejero.

Los acordes de la música, el calor, las risas y el olor a comida picante hacían que toda la ciudad fuera un cóctel exótico de tentaciones.

¿Y ahora qué?

Sam se fijó en un cartel que había en un escaparate y se acercó.

¿Busca consejo? Madame Ayida, quiromante y consejera espiritual.

Sam dudó, pero acabó cruzando la calle y entrando en la tienda.

—Hola —saludó preguntándose por qué demonios había entrado.

Debía de estar volviéndose loca.

—*Madame* Ayida la atenderá ahora mismo —dijo una voz desde detrás de una cortina de terciopelo negra.

Qué típico.

De repente, la cortina desapareció y Sam se encontró mirándose en unos enormes ojos marrones.

—Por favor, pase y siéntese.

Sam obedeció. En lugar de la mujer oronda y mayor que cabía esperar, *madame* Ayida resultó ser joven y de sonrisa fácil.

—La verdad es que no sé muy bien por qué he entrado —comentó Sam riéndose nerviosa.

—Os pasa a muchos —contestó *madame* Ayida con un acento que Sam no fue capaz de identificar—. Tranquila, entre las dos descubriremos el motivo de tu visita.

Sam se quedó mirándola y miró a su alrededor. No había bolas de cristal ni cartas de tarot por ningún sitio.

—¿Me va a leer la mano o algo así?

—Si quieres —contestó la consejera espiritual sonriendo de manera enigmática.

Sam alargó el brazo y, de repente, se avergonzó de lo bien cuidadas que llevaba las uñas y de su enorme anillo de oro.

Madame Ayida la tomó de la mano con suavidad y se la examinó.

—Tendrás una vida larga, pero no exenta de sufrimiento —murmuró después de un buen rato.

—Me he divorciado dos veces y acabo de enviudar —contestó Sam—. Por favor, dígame que las cosas van a mejorar.

Madame Ayida la miró con compasión.

—Estás en una encrucijada en estos momentos y tienes muchas posibilidades de cometer un error terrible.

Al instante, Sam pensó en el cuerpo desnudo de Louis.

—Creo que ya lo he cometido.

—No —la tranquilizó la consejera—. Tienes que tomar una decisión y todavía no lo has hecho.

Sam tragó saliva.

—No es una decisión fácil. Por un lado, veo un sendero que lleva hacia algo conocido y otro que lleva a lo desconocido.

Sam frunció el ceño.

—Ninguno de los dos será fácil.

—Entonces, dará igual cuál elija.

—No, no es así —contestó *madame* Ayida mirándola a los ojos como si viera a través de ella—. De esta decisión dependerá el resto de tu vida.

—Vaya, menuda presión —murmuró Sam mirándose la palma de la mano y suponiendo que *madame* Ayida se lo estaría inventando todo.

—Debes seguir el dictado de tu corazón —le dijo la consejera.

Sam se estremeció, lo que resultaba extraño, pues en aquella habitación hacía bastante calor.

¿Cómo iba a seguir los dictados de su corazón si su corazón había quedado roto en mil pedazos? La muerte de Tarrant la había dejado vacía y fría. A veces, creía que su futuro había terminado con él.

–Tú estás viva, tú no has muerto –dijo *madame* Ayida en voz alta.

Sam la miró sorprendida. ¿Le había leído el pensamiento?

–¿Cómo puedo evitar cometer el terrible error del que me habla?

–Escuchando a tu corazón.

Sam se quedó pensativa. Tenía la oportunidad de rescatar a otro miembro de la familia de Tarrant. ¿Sería el terrible error no hacerlo para ocultar que se había acostado con él?

En aquel momento, decidió aceptar su invitación para salir a cenar.

Así, podría averiguar si era hijo de Tarrant. De ser así, empezarían de nuevo y entablaría una nueva relación con él, una relación que no tuviera nada que ver con el sexo.

–Gracias –dijo sinceramente–. Me ha ayudado usted mucho.

Madame Ayida sonrió de manera enigmática.

–Son veinte dólares.

Mientras buscaba un billete, Sam se dijo que era una mujer adulta y que podía lidiar con aquella situación, podía olvidar la noche anterior y volver a empezar, exactamente igual que había hecho cada vez que uno de sus matrimonios había terminado mal.

Desde luego, no iba a volver a cometer el error de

acostarse con un hombre que podía ser el hijo de su marido. De eso podía estar segura. No tenía que preocuparse por eso.

Claro que no.

Salió del consultorio de *madame* Ayida muy resuelta y decidida. Aquella mujer realmente la había ayudado a organizar su mente. Una vez en la calle, sacó el teléfono móvil y marcó el teléfono de Louis DuLac.

Cuando oyó su voz, sintió que el corazón le daba un vuelco, pero consiguió mantener la calma.

–He decidido salir a cenar contigo –le dijo.

–Genial. Pasaré a recogerte a las seis.

–Estoy en el hotel Delacorte.

–Ya lo sé.

–Ah.

No quiso ni preguntarle cómo lo sabía, pero en aquel mismo momento decidió ponerse un vestido negro de Chanel que tenía y que se parecía mucho al hábito de una monja.

–Quiero que sepas que no vamos a... a hacer nada.

–Te prometo que no haremos nada que tú no quieras hacer. Cuando quiero, puedo ser un perfecto caballero.

Sam suspiró.

–Bien. No nos vamos ni a tocar. No quiero ni que nos demos la mano.

–No te fías de ti misma, ¿eh?

–La verdad es que no –contestó Sam sinceramente.

–Tranquila. Te aseguro que estás a salvo conmigo.

Por cierto, ponte algo que no te importe que se manche.

–¿Cómo?

Pero no contestó. Había colgado.

¿Pero no iban a cenar en La Ronde? ¿Y cómo se iba a manchar en un restaurante que tenía tres estrellas michelín?

En cualquier caso, tal vez entonces no sería muy buena idea ponerse el Chanel.

Sam estaba esperando en una butaca de cuero del vestíbulo del hotel cuando Louis llegó. Por una parte, estaba aterrorizada y, por otra, se sentía de maravilla al volver a verlo.

Todavía tenía la oportunidad de que Louis formara parte de su familia, de que se convirtiera en su hijo.

Sam se puso en pie. Se había comprado aquella misma tarde un traje pantalón de Calvin Klein.

–Hola –la saludó Louis sonriendo de oreja a oreja.

A continuación, fue hacia ella y, por un momento, pareció que la iba a abrazar y a besar, pero, cuando llegó a menos de medio metro de distancia, se paró en seco.

–¿Lo ves? –le preguntó manteniéndose distanciado.

Sam echó de menos que la abrazara y la besara, pero asintió.

–Hola, Louis.

–Bueno, así que has decidido salir a cenar conmigo.

Sam miró a su alrededor para asegurarse de que nadie los oía.

–Vine a Nueva Orleans para algo muy concreto y estoy intentando no salirme de lo establecido.

–A veces, es bueno salirse de lo establecido.

–Hay días en los que me cuesta avanzar. A mí me viene bien trazar planes y establecer objetivos.

–Entonces, no seré yo el que te haga salirte de ellos.

Sam tuvo la sensación de que el brillo de los ojos de Louis contradecía sus palabras, pero se dijo que debía de ser su imaginación.

–¿Adónde vamos? –le preguntó fijándose en que se había puesto unos pantalones informales de tela y una camisa blanca.

Se trataba de una ropa muy normal, pero en él se le antojaba elegante y... no, sexy no. Aquel hombre no le parecía sexy en absoluto. No se lo podía parecer.

–Vamos –murmuró Louis a manera de contestación.

Al decirlo, alargó el brazo para tomarla de la mano, pero, en el último momento, se acordó de que no debía tocarla y lo retiró. Sam se dijo que era mucho mejor así y lo siguió fuera del hotel.

Una vez allí, Louis le abrió la puerta del copiloto de un coche deportivo amarillo natillas y se apartó exageradamente para que sus cuerpos no entraran en contacto cuando Sam se subiera al coche.

–Qué Jaguar tan bonito –comentó sinceramente–. ¿De qué año es?

–Es un XKE de 1967 –contestó Louis–. Era de mi abuelo.

–¿Y todavía funciona?

–Sí, porque lo cuidaba muy bien y sólo lo utilizaba en ocasiones especiales. Yo hago lo mismo –le explicó mirándola de manera inequívoca y colocándose al volante.

Así que, para él, era una ocasión especial.

–¿Adónde vamos? –insistió Sam.

–Ya lo verás –contestó Louis poniendo el coche en marcha–. Relájate y disfruta.

Sam se puso el cinturón de seguridad e intentó ignorar que, al hacerlo, se había rozado los pezones y se había dado cuenta de que estaba excitada.

«Respira profundamente, mantén la calma y concéntrate en tu objetivo», se dijo.

A continuación, miró de reojo a Louis para ver si se parecía a Tarrant. A lo mejor, no era su hijo. La verdad era que tenía la misma mandíbula, los mismos pómulos y la misma manera de comportarse que su marido, que siempre había hecho gala de ser un hombre muy seguro de sí mismo.

¿Cómo no se había dado cuenta de todo aquello la noche anterior? Era cierto que los rasgos de Louis eran más generosos, pues tenía la boca más grande y sonreía más a menudo que Tarrant, pero sus ojos eran completamente diferentes y tenía la piel aceitunada, no como Tarrant, que era muy pálido.

Desde luego, Louis DuLac era un hombre realmente guapo.

Qué pena que Tarrant no lo hubiera conocido.

Sam se emocionó de repente y se apresuró a abrir el bolso en busca de un pañuelo de papel.

–¿Estás bien? –le preguntó Louis.

–Sí, es que estaba pensando que es una pena que no conozcas a tu padre.

–No sé quién es mi padre.

Sam se dijo que para Louis DuLac aquello no era ningún trauma, que era lo suficientemente fuerte e independiente como para poder vivir así y deseó parecerse a él.

–Y tú tampoco lo sabes –continuó sonriendo–. Además, ¿qué más da? Sea quien sea, yo seguiré siendo la misma persona.

–No lo quieres saber, ¿verdad?

–La verdad es que no.

–¿Por qué? ¿Qué te da miedo?

–¿Miedo? A mí no me da miedo nada –contestó Louis riéndose.

–Seguro que hay algo que te da miedo. Las serpientes, las arañas, la oscuridad...

–Acabas de nombrar las tres cosas que más me gustan en el mundo –contestó Louis sin apartar la mirada de la carretera, que los llevaba a las afueras de la ciudad.

–Entonces, no pierdes nada por saber quién es tu padre –comentó Sam sonriendo y apartándose el pelo de la cara.

Louis comprendió que lo había acorralado.

–Eres lista –comentó.

–Sí, más inteligente de lo que parezco.

–A mí siempre me has parecido inteligente. Por cierto, ¿no te dije que te pusieras algo informal?

–Esto es informal. Es de Calvin Klein.

–¿Te lo has comprado hoy?

–Quizás –contestó Sam cruzándose de brazos–. Claro que también puede que lo tenga hace años. No te pases de listo. No me lo he comprado para gustarte.

–Me alegro. No quiero que hagas las cosas para gustarme a mí.

–Entonces, ¿qué quieres?

Mejor dejar las cosas claras.

–Quiero que seas tú misma. Relájate.

¿Ella misma?

Sam no tenía ni idea de quién era. Estaba tan acostumbrada a agradar a los demás que ya no estaba segura de qué había debajo de tanta sonrisa y tanto vestido bonito.

–¿Adónde vamos? –preguntó por tercera vez para intentar cambiar de tema.

–A mi lugar preferido –contestó Louis.

Louis prefirió no decirle que su lugar preferido estaba lleno de serpientes y de arañas y que era mucho más mágico por la noche.

–Parece que te has relajado un poco –comentó.

–Esto es muy bonito.

Habían dejado la ciudad atrás y se estaban adentrando en los pantanos de Belle Chasse, hacía buena noche y Sam se había quitado la chaqueta, de manera que la brisa que entraba en el coche marcaba la tela de su camiseta contra sus pechos.

Louis se dijo que podía mirar siempre y cuando no la tocara.

Aquello lo hizo sentirse como un niño en una juguetería que no tiene dinero para comprarse nada, que puede mirar todo lo que quiera y que sabe que no se va a llevar nada a casa.

–Estaba pensando que ayer a estas horas estabas desnuda entre mis brazos –comentó.

Sam giró la cabeza y lo miró sorprendida.

–Era la primera vez que lo hacía.

–¿Eras virgen? –se burló Louis.

Sam negó con la cabeza.

–Era la primera vez que me acostaba con un desconocido.

–Espero que fuera memorable –comentó Louis volviendo a mirar a la carretera–. Yo jamás lo olvidaré.

Sam se sonrojó de pies a cabeza y no dijo nada.

–Ese silencio podría significar rechazo –comentó Louis.

–Ya te dije que esta noche no íbamos a hacer nada.

–Y no nos vamos a tocar, te lo aseguro –contestó Louis–, pero no hemos dicho nada de no recordar la noche de ayer, que fue una noche estupenda.

–No sé lo que me pasó anoche, pero lo que sí sé es que no va a volver a suceder –contestó Sam.

Mientras se acercaban al cobertizo donde tenía guardado el barco, Louis se preguntó cómo demonios se le había ocurrido llevar allí a Sam, pues aquel lugar era muy especial para él, era su santuario y resultaba que ahora Sam se había metido en su cascarón y se mostraba reservada.

Seguro que aquel lugar le iba a horrorizar porque

no había tiendas ni músicos ni famosos y sus tacones altos se iban a clavar en la tierra mojada.

Mejor habría hecho en llevarla a La Ronde, como ella creía que haría.

—¿Dónde estamos? —le preguntó cuando llegaron frente al cobertizo.

—En mitad de la nada —contestó Louis bajándose del coche de un salto—. ¿Nerviosa?

—De repente me he dado cuenta de que no sé casi nada de ti —contestó Sam mirando a su alrededor—, pero pareces de fiar —añadió abriendo su puerta.

—No está mal para empezar —se rió Louis.

—¿Vamos a cenar ahí? —preguntó Sam señalando el cobertizo que se veía a unos metros.

—No, tenemos que ir un poco más allá y nos vamos a llevar la cena —contestó Louis abriendo el maletero y sacando una cesta de picnic.

—Nos vamos de picnic... —murmuró Sam.

—¿Te apetece?

—Hace un montón... hace tanto que no voy de picnic...

«¿Tal vez tanto como hacía que no hacías el amor?», se preguntó Louis mordiéndose la lengua.

La noche anterior se había dado cuenta de que aquella mujer tenía acumulado tanto deseo que no sabía cómo no había explotado antes. Debía de llevar años acumulándolo. Tal vez, no se hubiera acostado nunca con su último marido, aquél que ella creía que podía ser su padre.

—Vamos a salir en el barco —anunció Louis conduciéndola hacia el cobertizo que había pintado para dejarlo exactamente igual que cuando su abuelo lo había construido para guardar su barco de gambas.

–No sé nadar –confesó Sam.

–No vas a tener necesidad de hacerlo –le aseguró Louis–. Mi barco tiene buenas condiciones marineras y no hay olas.

Sam no parecía convencida y a Louis le hubiera gustado pasarle el brazo por los hombros para tranquilizarla, pero le había prometido no tocarla.

–Si la idea de salir en barco no te hace gracia, cenamos aquí –propuso.

Sam se mordió el labio inferior.

–No, quiero salir a navegar –contestó–. Últimamente, estoy intentando hacer cosas que antes no me atrevía a hacer.

–Me parece muy bien por tu parte –contestó Louis ofreciéndole la mano.

Sam se quedó mirándola y Louis la retiró.

–Perdón, es la costumbre.

A pesar de todo, consiguió no tocarla para subir al barco. Sam lo hizo sola y, una vez arriba, Louis dejó caer la embarcación por los raíles y, luego, se subió.

–Te has mojado –comentó Sam.

–Ahora me seco. Se está bien así. Si te apetece, te puedes dar un chapuzón.

–Todavía no me atrevo a tanto –sonrió Sam–. ¿Cubre mucho?

–No. Esto antes era tierra firme. Lo que pasa es que el mar va ganando y ganando. Dentro de poco, en lugar de una parcela voy a tener un trozo de agua.

–Me encanta este lugar. Es más bonito que el mar.

Me parece mucho más tranquilo. Además, el ruido de la hierba cuando se mueve es mágico, es como si las briznas se estuvieran contando secretos las unas a las otras.

Por eso era exactamente por lo que Louis la había llevado allí.

El sol se estaba poniendo y se reflejaba en el agua. Louis puso el motor en marcha y el barco comenzó a deslizarse por el canal.

–¿Abres la cesta? –le preguntó a Sam.

Ella así lo hizo.

–Vaya, qué platos tan bonitos –comentó al encontrarse con unos platos de plata.

–Sí, mi tatarabuelo trabajaba la plata. Me gusta comer en ellos cuando salgo al campo porque no se rompen.

–A Tarrant le habrían encantado.

–¿Le gustaba lo bueno?

–Sólo lo mejor.

–Por eso te elegiría a ti –comentó Louis sinceramente.

Se le había escapado. No lo había dicho para adularla.

–La verdad es que no tengo ni idea de por qué me eligió –contestó Sam sonrojándose–. Nos conocimos en una cena que yo estaba sirviendo. Era mi primer día de trabajo y le tiré todo el vino blanco por la pernera del pantalón. Los demás camareros me dijeron que, probablemente, me despedirían. Me metieron tanto miedo que, cuando Tarrant me invitó a salir mientras le limpiaba, no me atreví a decirle que no.

–Como la Cenicienta.

–Más o menos. En aquellos momentos, no tenía absolutamente nada. Mi segundo marido no me había dejado llevarme nada cuando me fui.

–No muy agradable por su parte.

–No era una persona agradable. Por eso lo dejé. Es lo mejor que he hecho en la vida. Bueno, y dejar al primero, claro.

–¿También era un canalla?

–Sí –contestó Sam–. Mmm… ¿Ensalada de patatas? –añadió sacando una fiambrera.

–Sí, la receta secreta de mi tía Emmeline.

–Tienes mucha familia –comentó Sam.

–Sí. A lo mejor por eso no quiero más.

Sam lo miró de reojo. Sabía que no hablaba en serio.

–Hay una cuchara al fondo, así que sírvete. También hay salsa de eneldo en el termo y pan fresco. Y champán, por supuesto.

–Creo que el champán no lo voy a tocar hoy –contestó Sam algo nerviosa.

–¿Por qué? ¿Tienes miedo de cambiar de opinión y terminar tocándome a mí? –dijo Louis inclinándose sobre ella.

–No –contestó Sam demasiado apresuradamente.

Louis recordó a aquella mujer desnuda en su cama y se dijo que quería volver a verla así.

Cuanto antes.

Pero sabía ser paciente porque sabía que había cosas en la vida que merecían la pena.

Sam le pasó un plato y un servicio de cubertería y Louis abrió la cesta y sacó un salchichón y pan.

Mientras ambos trajinaban y preparaban la cena, sus brazos estuvieron a punto de tocarse varias veces. Louis se acercó todo lo que pudo sin tocarla.

Jamás había deseado tanto a una mujer.

Una mujer que bien podría ser su madrastra.

Capítulo Cuatro

Sam probó el salchichón especiado mientras el agua lamía los laterales del barco.

Sentía la mirada de Louis sobre ella. Debería sentirse insultada porque un hombre que apenas la conocía se atreviera a mirarla así, pero se había acostado con él.

−¿Todos tus maridos eran mayores que tú?

La pregunta de Louis la sacó de sus pensamientos.

−¿Todos mis maridos? Así dicho parece que soy Zsa Zsa Gabor.

−Creo que ella esperaba a que le pusieran el anillo de matrimonio para acostarse con ellos −bromeó Louis probando el pan.

Sam se quedó mirándolo con los ojos muy abiertos y decidió echar mano de su sentido del humor.

−Tienes razón, pero, ¿para qué comprar la vaca cuando puedes tener la leche gratis?

Se había pasado toda la adolescencia oyendo decir eso a su madre entre concurso de belleza y concurso de belleza.

−La verdad es que cuando me casé por primera vez era virgen −recordó−. Y sí, él era mayor que yo.

−¿Y qué salió mal? −quiso saber Louis.

–No lo sé… me casé con él para escapar de mi madre porque sabía que, mientras siguiera viviendo en su casa, no me permitiría ir a la universidad. Ella lo único que quería era que ganara premios de belleza. La verdad es que creo que me hubiera casado con cualquiera.

–¿Cómo era?

–Tenía un concesionario de coches en la ciudad en la que yo vivía, le iba bien económicamente y me trataba bien.

–¿Y conseguiste ir a la universidad?

Sam entristeció.

–No, no quería que su esposa trabajara ni estudiara.

–Tenía celos.

–Exacto, así que, tras dos años de intentar ser la esposa perfecta, me harté.

–Veo que sabes perfectamente por qué te divorciaste –comentó Louis apagando el motor.

Sam se fijó en cómo se le pegaba la tela mojada de los pantalones a las piernas y no pudo evitar recordar aquellas piernas la noche anterior...

Sam apartó la mirada.

Desde luego, jamás había tenido aquel tipo de pensamientos con su primer marido.

Ni siquiera con el tercero.

Al instante, sintió que la culpa se apoderaba de ella. ¿Cómo había podido caer en brazos de otro hombre tan pronto? Le había prometido a Tarrant que no echaba de menos el sexo, que no necesitaba aquel aspecto de la vida para ser feliz.

Entonces, ¿por qué se le ponía la piel de gallina cuando Louis se le acercaba?

Sam tomó aire profundamente e intentó concentrarse en la conversación.

–Tienes razón. Sé perfectamente por qué me divorcié de mi primer marido. La verdad es que es increíble que aguantara dos años casada con él. Apenas me dejaba salir de casa. Y yo que quería librarme de mi madre y encontrarme a mí misma, poder tomar mis propias decisiones... con lo que me encontré fue con un marido que era todavía peor que ella. Todo lo que yo hacía repercutía positiva o negativamente en el imperio automovilístico MacClackery. Creo que, si hubiera podido comprarse una Barbie, haberla vestido como a él le diera la gana y haber dicho que era la señora MacClackery, habría sido muy feliz. Intenté complacerle, pero me fue imposible.

Era curioso el desapego con el que era capaz de mirar ahora hacia atrás y cómo cosas que le habían resultado muy dolorosas en el momento le parecían ahora incluso graciosas. Qué ridículo aquel intento de ser la señora perfecta que friega su casita y prepara cordero asado.

Qué ridículo haber sido Sam MacClackery.

–Me alegro de volver a verte sonreír, pero no olvides la cena –comentó Louis sirviéndole más ensalada de patatas.

–¿Cómo quieres que coma cuando me estás haciendo recordar cosas tan desagradables?

–Te pido disculpas humildemente. ¿Un poco de champán para celebrar tu libertad?

Sam levantó su copa automáticamente, pero, de repente, se dio cuenta de lo que estaba haciendo y se apresuró a bajarla compungida.

–No quería ser libre. No quería que Tarrant muriera.

–Lo siento, ha sido un comentario desafortunado por mi parte –se disculpó Louis–. Lo querías mucho.

Sam sintió un nudo en la garganta y metió la mano en el bolso en busca de un pañuelo.

–Más de lo que creía y te aseguro que tenía mucha práctica para cuando me casé con él –contestó Sam intentando quitarle hierro al asunto.

–Me alegro de que, al final, encontraras un hombre con el que ser feliz. Creo que dicen que a la tercera va la vencida, ¿no?

A Sam le pareció que Louis no estaba siendo sincero, que sólo lo decía por educación, y sintió la imperiosa necesidad de dejarle claro que Tarrant Hardcastle no era un viejo verde.

–Tarrant Hardcastle era de esos hombres que ponen las notas de color y de estilo en los libros de Historia. Tuvo ideas, sueños y proyectos hasta el mismo día que murió. Era un visionario. Fue un honor compartir la vida con él. La verdad es que sigo sin saber qué vio en mí.

Louis la miró muy serio.

–A lo mejor, vio a una mujer que podría amarlo por ser quién era y no por su dinero.

–¿Y cómo iba a saber él eso? –le preguntó Sam enarcando una ceja.

–¿No me acabas de decir que era un visionario? –le preguntó Louis sonriente–. Además, eres guapa.

Sam se sonrojó y no supo por qué porque sabía muy bien que era guapa. Por eso, precisamente, se había pasado años de concurso de belleza en concurso de belleza en lugar de aprovechar el tiempo e ir a clase para tener un buen trabajo.

Era consciente de que a sus treinta y un años seguía siendo guapa y su dinero le costaba, la verdad, porque ella sola mantenía a una legión de peluqueras, maquilladoras, entrenadores personales y masajistas.

Además, a Tarrant le gustaba que llevara única y exclusivamente ropa de diseño y a ella le había encantado la idea... aunque ahora ya no sabía muy bien qué pensar.

—Tal vez, él también quería vestirme como una Barbie...

—Yo creo que a ti te gusta eso de vestirte como una Barbie. Te dije que te pusieras algo informal para salir hoy y mira cómo has venido.

Sam miró el conjunto de lino que había elegido y que le parecía muy chic.

—Supongo que no lo puedo evitar. Es la costumbre. Creo que voy a tener que hacer terapia o algo así para poder ponerme unos vaqueros normales y corrientes de nuevo.

Louis sonrió.

—Seguro que te quedan muy bien, pero, si arreglarte te hace feliz, hazlo. No tiene nada de malo. No puedes vivir la vida intentando cumplir con las expectativas de los demás. Tienes que hacer lo que te guste a ti.

–A veces, me cuesta saberlo. Supongo estoy tan acostumbrada a cumplir con las expectativas de los demás que me cuesta mucho ser lo que yo realmente quiero ser.

Louis apartó su plato y lo dejó en la cubierta del barco, cruzó los brazos sobre las rodillas y se inclinó hacia delante.

–Por lo que me has contado, tengo la sensación de que llevas toda la vida buscando una figura paterna que te diga lo que tienes que hacer.

No lo había dicho en tono acusador sino con compasión, pero Sam elevó el mentón en actitud desafiante porque no quería la compasión de nadie

–La verdad es que mi padre nunca me dijo lo que tenía que hacer. Lo que hizo fue ignorarme.

Dicho aquello, se quedó mirando a Louis, que agarró el plato y lo puso a ras del agua. Sam se quedó fascinada al ver cómo salían los peces a comerse los restos de comida y se preguntó qué estaba haciendo allí.

No necesitaba que ningún hombre que se creía un dios la psicoanalizara.

–Creo que lo que querías era que te hiciera caso.

–Pues lo conseguí porque lleva sin hablarme desde que me divorcié por primera vez –contestó Sam–. Me dijo que era una pecadora por abandonar a mi marido y que iría al infierno –añadió agarrando su plato con fuerza porque le temblaban las manos.

–Hay personas que no están preparadas para ser padres –comentó Louis.

A continuación, tomó el plato de Sam e hizo lo mismo que había hecho con el suyo.

—Reciclaje en vivo y en directo —murmuró guardando los platos en la cesta—. No permitas que tu padre te prive de vida. A mí me ha ido muy bien sin padre.

Dicho aquello, la miró desafiante, como si quisiera que Sam se atreviera a decirle que aquello con lo que él se sentía tan a gusto no era cierto.

Sam se sintió repentinamente culpable por haber entrado en su intimidad como lo había hecho

—La familia puede ser maravillosa —comentó.

—En pequeñas dosis —contestó Louis.

Sam sonrió. El encanto de aquel hombre la desarmaba, pero intentó ignorar la curiosa sensación que tenía en el vientre.

—Yo por lo menos no tengo que preocuparme de hacer infelices a mis hijos proyectando mis traumas en ellos —comentó.

—¿Por qué no hacerlo? Es una de las cosas más divertidas de ser padres, ¿no? —bromeó Louis.

—No tengo hijos —contestó Sam poniéndose seria de repente.

Se suponía que era algo que tenía superado, pero, en realidad, la removía emocionalmente por dentro.

—Yo, tampoco —contestó Louis.

—¿Quieres tenerlos?

—No

—¿Por qué no?

—¿Te acuerdas que te comenté que estoy aquí por el fortuito encuentro entre un oboe y un saxo? Me encanta ser una sinfonía de notas en el aire. Nunca terminé un curso escolar en el mismo colegio y jamás hice los deberes, nunca comí bien ni fui miembro de ningún equipo. Así que no tengo ni idea de cómo educar a un hijo, o sea que supongo que es mejor que nunca haya querido tenerlos.

–Tienes suerte de tenerlo tan claro. Yo lo pasé muy mal durante un tiempo porque estaba obsesionada con ser madre . Cuando me casé con mi segundo marido, que también quería tener hijos, resultó que no fuimos capaces de concebir. Lo intentamos todos los días durante meses –le explicó mientras los recuerdos desagradables se apoderaban de ella–. Me echó la culpa a mí, así que me hice pruebas y resultó que todo estaba bien. Él no quiso hacérselas. Al cabo de un tiempo, dejamos de mantener relaciones sexuales. Me dijo que ya no quería hijos y comenzó a llegar tarde a casa y a pasar mucho tiempo fuera. Yo me compraba toda la lencería que encontraba, pero ya no le interesaba. Me decía que tenía mucho trabajo, pero era que estaba con otra mujer. Cuando me enteré, me divorcié.

–Menudo idiota. Mira que no saber apreciar lo que tenía.

–Lo que tenía era una mujer que no le daba lo que él quería –contestó Sam encogiéndose de hombros–. Tarrant me quería tal y como era y no te puedes ni imaginar lo agradecida que le estaba por ello después de mis dos anteriores maridos.

–En él encontraste, por fin, al padre que te daba el amor y la aprobación que buscabas –comentó Louis mirándola a los ojos

–¡No! ¡No era eso! –exclamó Sam.

–¿Manteníais relaciones sexuales?

—No, pero... eso era porque estaba enfermo.

Louis se quedó pensativo.

—Era mi marido, no mi padre —le aseguró Sam alzando la voz

Louis se limitó a asentir

—Y tú fuiste una buena mujer para él. Ojalá todos los hombres tuviéramos la misma suerte.

Sam no dijo nada. Tenía la conciencia tranquila. Efectivamente, había sido una buena esposa para Tarrant. No necesitaba la condescendencia de Louis.

—Eres una persona muy generosa y eso no es muy común. Hay personas que no saben apreciarlo.

—Ha estado muy bien esto de analizar mis fallos y traumas personales. Ahora podemos hacer lo mismo contigo. ¿Qué te parece?

Louis sonrió de manera traviesa.

—Yo no tengo traumas ni cometo errores —bromeó poniendo el motor en marcha de nuevo.

Sam estaba segura de que aquel hombre tenía que tener sus bloqueos emocionales, como todo el mundo, pero no se le ocurría ninguno.

—Estoy segura de que no eres tan perfecto como me quieres hacer creer —comentó.

—Probablemente no, pero vas a tener que conocerme mejor para averiguarlo —contestó Louis.

—Si resulta que eres hijo de mi marido, sin duda nos conoceremos mejor.

—¿Y si no lo soy? ¿Qué harás entonces? ¿Te olvidarás de mí como un pañuelo de papel usado?

Sam sonrió encantada.

¿Y si no lo era?

Entonces, no habría pasado nada porque se hubiera acostado con él y, de hecho, podría volver a hacerlo.

Al instante, ante aquella perspectiva, Sam sintió que un deseo muy fuerte se apoderaba de ella. Jamás había sentido lo que había sentido la noche anterior, cuando hasta el último milímetro de su cuerpo había conocido el placer.

–Ya veremos lo que pasa cuando llegue el momento –contestó intentando no hacerse ilusiones.

Louis no contestó, se limitó a guiar el barco.

–Está oscureciendo –comentó Sam.

–Sí.

–¿Y si nos perdemos y nos comen los mosquitos?

–¿No te preocupa más que te coman los cocodrilos? –bromeó Louis.

–Gracias por recordármelo –contestó Sam estremeciéndose–. ¿No deberíamos volver?

–Sí, podríamos volver, pero también podríamos pasar la noche aquí –contestó Louis señalando una casita de madera que se elevaba sobre el agua y que había aparecido de repente.

–¿Qué es eso? –le preguntó Sam.

–La cabaña de pesca de mi abuelo. La reformé hace un par de años y ahora tiene incluso aire acondicionado solar.

–No pienso dormir ahí. Llévame inmediatamente de vuelta a la ciudad.

–¿Por qué? Hace una noche preciosa y no tienes nada mejor que hacer. Así podré demostrarte que soy perfectamente capaz de no tocarte.

Sam se quedó pensativa.

—Es que... no me he traído nada de aseo. Ni siquiera tengo crema desmaquillante.

—¿Y qué pasa si no te quitas el maquillaje?

—No lo sé. Nunca lo he hecho.

—Pues prueba una vez. Antes has dicho que querías hacer cosas nuevas... te aseguro que puedes confiar en mí.

Sam se estremeció de pies a cabeza.

—¿Es en ti en quien no confías acaso? —le preguntó Louis—. Estamos en un lugar muy tranquilo. No hay televisión ni radio ni Internet, nada que te conecte con el mundo externo —añadió.

Para entonces, el barco se había acercado a la cabaña y Louis había parado el motor. El agua lamía los postes de madera que sujetaban la estructura, que se veía completamente nueva.

Sam se preguntó qué daño le haría quedarse un ratito.

—Venga, hecha un ojo —la animó Louis—. Si no te gusta, nos vamos.

—Muy bien —accedió Sam.

No se podía creer que hubiera dicho que sí, pero necesitaba, tenía la imperiosa necesidad, de ver cómo era aquel lugar que para Louis DuLac era tan especial.

Sí, era evidente que era especial para él.

Sam se fijó en que la puerta de madera tenía bellas inscripciones que le daban un toque japonés y en que los escalones que bajaban hasta el agua parecían puestos allí por la Madre Naturaleza.

–Como no quieres que te toque, voy a acercar el barco todo lo que pueda y te agarras a la barandilla –le indicó Louis–. Ya está –añadió.

Sam se bajó del barco con cuidado y Louis se mantuvo fiel a su promesa y no la tocó. Una vez en tierra, Sam miró a su alrededor y tragó saliva. Estaban en mitad de la nada. Si Louis pusiera el barco en marcha y se fuera, se vería en un buen aprieto.

–Vete pasando. Está abierto –le indicó Louis.
–¿Dejas la puerta abierta?

Louis se encogió de hombros.

–Si quieren entrar, van a entrar de todas maneras.

Al empujar la puerta, Sam se fijó en que los bellos dibujos que había visto desde el barco eran dos flamencos posados entre la hierba.

–Oh, Dios mío, esto es precioso –murmuró fijándose en la luz del atardecer que entraba por los ventanales.

El pequeño edificio sólo tenía una estancia que tenía los suelos de madera y olía a nuevo.

Louis entró detrás de ella y dudó. Sam se dio cuenta y se apartó para que pudiera pasar sin tocarla. Y se estremeció cuando pasó a pocos milímetros de su piel y su aroma masculino se mezcló con el olor del cedro.

A continuación, observó cómo Louis accionaba una palanca y de la pared bajaba un sofá tipo japonés sobre el que Louis dejó unos cuantos cojines.

–Ponte cómoda.

Sam se sentó en el sofá morado y gris mientras Louis bajaba otro sofá que estaba escondido en la otra pared.

–¿Ves? Lo tengo todo pensado. No hay ninguna necesidad de que nos toquemos. Tenemos un sofá para cada uno.

–Esto es increíble. ¿Hay algo más escondido en las paredes?

Louis sonrió encantado y abrió un armario que estaba disimulado en la pared y en el que había un frigorífico bien repleto de bebidas.

–¿Qué quieres tomar?

–Un refresco –contestó Sam estirándose cómodamente.

Cuando Louis le entregó la botella, sus dedos estuvieron a punto de tocarse, pero no lo hicieron. Aun así, Sam sintió una descarga eléctrica por todo el cuerpo. Sonrió y Louis también sonrió y Sam sintió una sensación muy agradable.

«Tranquila», se dijo. «Seguro que trae aquí a tres o cuatro mujeres todas las semanas», pensó.

–Supongo que éste será tu escondite romántico y que lo utilizarás muy a menudo –comentó.

–Sí, la verdad es que vengo mucho por aquí –contestó Louis.

Sam sintió que los celos se apoderaban de ella.

–Pero es la primera vez que vengo con una mujer –añadió Louis.

–¿Cómo? –exclamó Sam dando un respingo.

–Suelo venir aquí cuando quiero estar solo. Me gusta estar con gente y me encanta el ambiente distendido que hay en mis restaurantes. De hecho, me encanta que la gente quede allí y se lo pase bien, me encanta organizar eventos. Es lo que llevo haciendo toda la vida

–comentó acercándose al ventanal y mirando hacia el horizonte–. No sé, debe de ser que me estoy haciendo mayor, pero últimamente necesito salir de la ciudad y estar en contacto con la Naturaleza y conmigo mismo –confesó sintiéndose un poco avergonzado–. Y he pensado que, a lo mejor, a ti te pasaba lo mismo y te gustaba este sitio.

Sam tuvo la certeza de que Louis estaba hablando sinceramente. La había elegido a ella de entre todas las mujeres del mundo para compartir aquel lugar tan especial.

Y lo había hecho sabiendo que no la iba a tocar ni a besar.

Aquello le llegó a lo más profundo.

Sam se sintió turbada e intentó disimular tomándose el refresco. Se preguntó si debería decir algo, pero no parecía que Louis estuviera esperando.

De hecho, estaba dejando los contenidos de la cesta del picnic en el frigorífico como si tal cosa.

–Tenemos fruta y queso y un montón de pan. Si quieres, podemos salir a pescar gambas. Tengo una barbacoa en el muelle.

–¡Qué autosuficiente! –exclamó Sam encantada–. Tenemos comida suficiente, así que dejemos a las gambas en paz. Ellas también tienen derecho a vivir. ¿Y cómo es que has podido construir aquí?

–La tierra era de mi abuelo –contestó Louis abriendo un refresco para él–. Bueno, la tierra o el agua porque actualmente todo está cubierto. Yo siempre lo he conocido así, pero él decía que antes era tierra firme.

—Cuesta imaginarlo.

—A mí me gusta más así. Soy de los que opina que los lugares que realmente merecen la pena están ocultos y hay que viajar un poco para llegar a ellos.

—Supongo que te va bien ser así teniendo en cuenta que tienes restaurantes por todo el mundo y que tienes que viajar mucho.

—Estoy muy acostumbrado a viajar. Mi madre es cantante y me iba con ella de gira todos los veranos.

—Qué divertido.

—Divertido, agotador, confuso y emocionante. Tenía un poco de todo y así he salido yo. Por eso hago amigos con facilidad y soy capaz de instalarme en cualquier sitio en un abrir y cerrar de ojos. Tengo una amiga que suele decirme que tengo tantos restaurantes para tener siempre un lugar lleno de gente allí donde voy.

Sam sonrió dándose cuenta de que aquel comentario le había producido ciertos celos y se preguntó cómo era posible que sintiera celos de una mujer a la que no conocía de nada y sobre un hombre sobre el que no tenía nada que decir.

Claro que era la primera mujer a la que llevaba a aquel lugar tan especial para él y había pasado la noche anterior en su cama.

Sam recordó entonces sus brazos. Louis se había remangado la camisa, dejando a la vista sus antebrazos musculosos y bronceados. Sam sintió que la ansiedad se apoderaba de ella. Tenía el pelo revuelto y los pantalones arrugados y un aspecto mucho más inocente e infantil que el que había tenido el día anterior, tan elegante y sofisticado, como correspondía al dueño de un restaurante famoso.

Sam se dijo que, seguramente, ella también estaría despeinada y su ropa sucia, así que no quiso ni mirarse. Claro que, a lo mejor, también parecía inocente e infantil.

Aquello la hizo reírse y sentirse como una adolescente. Por primera vez en su vida, estaba sola con un hombre de su edad por el que se sentía sexualmente atraída.

—Tú pintas, ¿verdad? —le preguntó Louis sacándola de sus ensoñaciones.

—¿Cuadros?

Louis asintió.

—Lo digo por la manera que tienes de mirar las cosas.

Sam sintió que el corazón comenzaba a latirle aceleradamente.

—Bueno, sí, pintaba...

—¿Y qué pintabas?

—Nada importante... paisajes, flores y cosas así. Nada del otro mundo.

—¿Eso quién te lo dijo? ¿Uno de tus encantadores maridos?

Sam tragó saliva.

—Sí. Tarrant, por el contrario, me insistía mucho para que pintara. Incluso se ofreció a montarme un estudio en casa, pero...

—¿Pero?

—Pero nunca tenía tiempo —recordó Sam—. Estar casada con un hombre así es un trabajo a jornada completa, te lo aseguro.

–Me hago una idea. Comidas y cenas por aquí, fiestas y eventos benéficos por allá.

Sam se sonrojó ante la facilidad con la que Louis había resumido su vida en una sola frase.

–Exacto –contestó elevando el mentón en actitud desafiante.

–Ahora que has enviudado, podrías volver a pintar.

–A lo mejor no me apetece –comentó Sam jugando con su anillo.

–¿Te da miedo ver lo que sale de tu imaginación cuando no hay nadie que te dice lo que tienes que hacer?

–No sé ni si tengo imaginación ya.

–Claro que la tienes –le aseguró Louis–. Lo que pasa es que está en estado latente, esperando a que abras el grifo y dejes salir las ideas, las fantasías y los sueños.

Sam frunció el ceño. Sentía su mente completamente vacía, como un lienzo en blanco, algo que le hubiera parecido imposible de adolescente, cuando tenía un millón de sueños.

–No creas.

–¿Qué pintarías ahora mismo? –insistió Louis.

Sam se fijó en los últimos rayos del atardecer, que caían sobre el pelo oscuro de su interlocutor.

–Venga, di lo primero que se te pase por la cabeza –la animó Louis.

–El atardecer –contestó Sam sin atreverse a mirarlo a los ojos.

–Muy bien. Vamos allá –dijo Louis poniéndose en

pie y abriendo una puerta–. Ven, salgamos al embarcadero.

Sam lo siguió y se fijó en que el agua resplandecía dorada y cobriza y en que el cielo se había teñido de morados, rojos y anaranjados.

–¿A que no has visto nada tan bonito en tu vida? –le preguntó Louis.

–Este lugar es mágico –contestó Sam.

Louis se giró hacia ella y se rió.

–Sí, es mágico y te atrapa, te lo aseguro. Ya verás. La belleza de este lugar se te va a meter en las venas y va a hacer que tu imaginación comience a crear.

Sam no pudo evitar reírse y se imaginó mojando un pincel en aquellos colores y pintando su aburrida vida.

–No sé cómo pintar esto. No pinto tan bien. Siempre he querido ir a clases, pero nunca lo he hecho.

–Pues empieza mañana mismo.

–No puedo.

–¿Por qué?

–Para empezar, porque soy muy mayor.

–¿Qué tienes? ¿Treinta años?

–Treinta y uno –contestó Sam.

–¿Lo ves? Una chiquilla.

–No, Louis, no soy una chiquilla, soy una viuda que debe hacerse cargo de un fondo benéfico muy importante. Tengo una gran responsabilidad.

–Muy bien, pero seguro que tienes tiempo para otras cosas y seguro que algún día te convertirás en la pintora que siempre has querido ser.

–¿Y si se me da fatal?

–Ese tipo de pensamientos son los que llevan a la gente a quedarse delante del televisor viendo cómo viven otros en lugar de vivir lo que quieren realmente vivir. No hagas eso. Por lo que me has contado, tienes que recuperar el tiempo perdido.

Sam se quedó mirando el cielo y, de repente, el mundo se le antojó un lugar lleno de posibilidades.

–Tengo una amiga que es profesora en el Pratt Institute de Nueva York. Se llama Margot. La voy a llamar para que te ayude a empezar –comentó Louis.

Sam lo miró emocionada. ¿De verdad sería tan fácil?

–A lo mejor necesito unos cuantos modelos masculinos para trabajar el desnudo –comentó.

Louis sonrió.

–Veo que tu imaginación ya se está disparando.

–Y yo creo de nuevo que no te cuesta nada leerme el pensamiento.

Louis se encogió de hombros.

–Alguien tiene que liberarte.

–Soy libre, tomo mis decisiones.

–¿De verdad? ¿Cuánto tiempo vas a tardar en buscarte otra figura paterna que te diga cómo vivir tu vida?

Sam sintió que la irritación se apoderaba de ella.

–Tarrant no fue una figura paterna para mí. Te lo digo muy en serio.

–Yo sólo te digo lo que veo –insistió Louis–. Será mejor que entremos antes de que empiecen a picarnos los mosquitos.

Sam lo siguió al interior de la cabaña mientras reconocía que todas sus parejas habían sido, por lo menos, diez años mayores que ella. La verdad era que siempre se había sentido mayor que las mujeres de su misma edad. Sus padres, que siempre estaban de mal humor, no le habían permitido ser una adolescente alegre. Una vez, había roto un florero mientras bailaba en su habitación y la habían castigado a comer cereales con agua durante una semana.

En aquella ocasión, su madre le había dicho que, así, tendría más cuidado en el futuro y, de paso, adelgazaría para el próximo concurso de belleza.

Así había sido como Sam había aprendido a respetar las normas al máximo. Jamás se había atrevido a hacer nada salvaje ni irresponsable.

Como acostarse con un hombre al que acababa de conocer.

Sam era consciente de que Tarrant se había casado con ella porque le había dicho que no se iba a acostar con él hasta que se casara. Le había dicho que aquel comentario le había parecido tan audaz que se había enamorado de ella inmediatamente.

Una semana después se habían casado.

Louis era el único hombre con el que se había acostado sin estar casada con él.

Mientras avanzaba detrás de él, Sam sintió la necesidad de volverlo abrazar y de verlo desnudo.

Quería volver a acostarse con él.

–Quiero volver. Inmediatamente.

Capítulo Cinco

–Ahora mismo –contestó Louis entrando en la cabaña y colocando los sofás.

Sam se quedó mirándolo estupefacta. ¿Acaso iba a acceder a su petición sin oponer ninguna resistencia?

Dentro casi todo estaba a oscuras. Louis la guió hacia la puerta principal.

¿Acaso no quería que se quedara?

Sam sintió que la piel se le ponía de gallina ante la idea de salir de aquella cabaña tan cómoda y volver a los pantanos.

Louis mantenía la puerta abierta. Sus brazos casi se tocaron cuando Sam pasó junto a él. Louis cerró la puerta y la siguió hacia el barco. Una vez allí, dio un ágil salto al interior.

–Espera un momento –le indicó a Sam–. Voy a colocarlo para que puedas subir.

Así que Sam se quedó allí en medio de la oscuridad, temerosa de todos los animales que habría a su alrededor. Si hubiera permitido que Louis le diera la mano para saltar al barco, todo habría sido mucho más fácil, pero las normas las había puesto ella y debía cumplirlas.

Había llegado el momento de saltar, así que Sam

tomó aire y se lanzó. Una, dos y tres. Y se le enganchó un pie en la borda y cayó hacia delante.

Menos mal que Louis la agarró en el aire antes de que se estampara contra el suelo.

–¡Cuidado! –le dijo agarrándola.

Sam sintió que sus cuerpos entraban en contacto como a cámara lenta. Lo primero fueron sus manos, que se apoyaron en el pecho de Louis y que, de alguna manera, se deslizaron por sus brazos hasta agarrarlo de la cintura.

Aquello hizo que Louis estuviera a punto de perder el equilibrio también, así que los pechos de Sam se encontraron con su torso.

–Vaya –murmuró estremeciéndose de deseo.

Sentía la pelvis de Louis pegada a la suya y la erección que había debajo no tardó en hacerse presente.

Sam se apresuró a apartarse.

–Lo siento mucho.

–Pues yo, no –contestó Louis–. Lo que siento es que te empeñes en que no nos toquemos. A menos que ésta haya sido tu manera de decirme que has cambiado de opinión –bromeó.

Sam sintió que se sonrojaba.

–No, sigo manteniendo mi postura –le aseguró.

–¿Has pensado en que puede que no sea pariente de tu marido? Lo sabremos cuando me haga las pruebas.

–Sí, soy consciente de que es una posibilidad.

Una posibilidad muy atractiva.

–Si fuera así, las cosas serían muy diferentes –comentó Louis ladeando la cabeza.

–Sí, pero, de momento, no debemos pensar en eso, ¿de acuerdo?

–De acuerdo.

Cinco minutos después, Sam abandonaba el barco y pisaba tierra firme. En un abrir y cerrar de ojos, se vio en el coche descapotable de Louis. Sentía las piernas ligeras y el pecho vacío.

Aunque Louis no fuera hijo de Tarrant, hacía sólo seis meses que había enviudado y le parecía muy pronto para mantener ningún tipo de relación con otro hombre.

Además, se había prometido a sí misma que ya había tenido suficiente con tres maridos. Su idea era consagrarse en cuerpo y alma a las causas benéficas de Tarrant.

Y sacar una preciosa gatita de algún refugio.

–Ya estamos aquí –anunció Louis poniéndose al volante.

Sam no pudo evitar sentir su presencia, su cercanía, la sensualidad que irradiaba su cuerpo joven y sexy.

Tan diferente del de Tarrant.

Sam sintió que la culpa se apoderaba de ella y se apresuró a recordarse que el amor que sentía por su último marido estaba basado en cosas mucho más importantes que la atracción física. Tarrant había sido un hombre muy guapo, pero cuando lo había conocido estaba mayor y enfermo. La atracción que había sentido por él había sido más mental o espiritual que física.

Sam había querido ayudarlo, salvarlo y, de alguna manera, lo había conseguido durante un tiempo.

Encontrar a dos de sus hijos le había despertado

algo dentro que le había hecho posible soportar la idea de que se iba a morir, le había dado la sensación de que había futuro, de que con él no desaparecía el apellido de su familia y de que había algo más importante que el dinero: la familia.

Y Louis podía ser parte de esa familia.

–Te vas a hacer las pruebas de ADN, ¿verdad?

–Claro que sí. Te lo prometí si salías a cenar conmigo. Tú has cumplido tu parte y yo voy a cumplir la mía –le aseguró girándose hacia ella y sonriéndole.

El sol se había puesto por completo y avanzaban por el campo en mitad de la oscuridad.

–Gracias –le dijo Sam.

Era consciente de que aquel hombre no estaba acostumbrado a obedecer órdenes, pero con ella era diferente. Había obedecido literalmente cualquiera de sus condiciones. Sam se sentía extraña por ello, pues lo cierto era que no estaba acostumbrada a que los hombres se comportaran así con ella. Tarrant, sin ir más lejos, al que adoraba, estaba acostumbrado a tomar las decisiones, un patrón que Sam conocía muy bien de sus dos anteriores matrimonios y con el que incluso se sentía cómoda.

Sin embargo, Louis dejaba que fuera ella quien llevara las riendas de la relación. No sentía la necesidad de darle órdenes para demostrar su dominación masculina. A pesar de comportarse así, exudaba seguridad y confianza en sí mismo.

¿Cómo si no iba a haber conseguido que Sam se subiera de noche en su barco de pesca?

–¿De qué te ríes? –le preguntó Louis.

—Estaba intentando dilucidar cómo me has convencido para embarcarme en una cosa así, nunca mejor dicho.

—Yo no te he convencido de nada. Tú querías venir, pero no lo sabías.

—¿Ah, sí? –contestó Sam chasqueando la lengua–. Supongo que todo eso lo sabes porque has heredado la videncia de tu abuela. ¿Y ahora qué voy a querer hacer?

—Ahora te gustaría venirte a mi casa conmigo y quedarte a dormir, despertarte mañana y desayunar *beignets* y café con leche a la orilla del río, pero no lo vas a hacer.

—Ni siquiera sé que son las *beignets*.

—Y te vas a quedar sin saberlo porque no tienes intención de quedarte a dormir conmigo, lo que es una pena porque nos vamos a perder una noche maravillosa.

Por cómo lo había dicho, Sam comprendió que hablaba con sinceridad.

—Es cierto que anoche fue una noche maravillosa y hoy también lo ha sido, pero sé que me comprendes, ¿verdad?

—Respeto tus deseos –contestó Louis–. Y tengo la sensación de que no estás acostumbrada a que sea así, así que espero que lo tengas en cuenta y que eso me haga ganar algún punto –añadió sonriendo de manera traviesa.

—Si quieres que te diga la verdad, me da un poco de miedo esto de que sepas en todo momento lo que pienso y lo que siento.

—No te preocupes, me pasa con todo el mundo –contestó Louis–. En tu caso, me gusta lo que veo.

Sam sintió que se estremecía de pies a cabeza y se preguntó por qué le haría sentirse tan bien que aquel hombre al que apenas conocía le dijera que le gustaba. ¿Por qué la hacía sentirse tan bien que quisiera salir con ella y que respetara sus deseos? A lo mejor era porque resultaba un gran alivio que un hombre pasara una noche con ella y quisiera seguir viéndola.

Sam se puso a juguetear con su anillo. ¿Cómo reaccionaría Louis cuando le dijera lo que le tenía que decir?

–Quiero acompañarte al laboratorio –declaró–. Si te parece bien, me gustaría que nos mandaran los resultados de las pruebas a los dos.

–¿No te fías de mí? Vaya, y yo que pensaba que estabas empezando a confiar en mí...

–Confío en ti –le aseguró Sam.

«Por eso, precisamente, necesito saber la verdad», pensó.

Sam se estremeció de felicidad ante la posibilidad de que no hubiera ninguna relación familiar entre ellos. Entonces, quizás podrían...

No, no debía dejarse llevar.

¿Y si fuera hijo de Tarrant?

¿Cómo le explicaría entonces a Fiona que se había acostado con su medio hermano?

Al pensar en ello, Sam sintió que las entrañas se le agarrotaban. Al principio, la joven no había visto con buenos ojos que su padre se casara con una mujer que podría haber sido su hija y Sam había tenido que hacer muchos esfuerzos para ganarse su amistad.

Si ahora le revelaba que se había acostado con Louis, el resultado podía ser catastrófico.

No se lo diría jamás.

No podía.

Tenía que mantener unida a la familia de Tarrant fuera como fuese.

Era lo único que tenía.

–Puedes venir conmigo, no me importa –contestó Louis–. No te pondré ninguna condición y podrás decirles que te manden los resultados directamente. Yo no tengo secretos.

Sam sintió que el estómago le daba un vuelco.

–¿Estarías dispuesto a tener uno por mí? Por favor, no le cuentes a nadie lo que ha habido entre nosotros hasta que se resuelva la situación.

Louis la miró con el ceño fruncido.

–No voy por ahí contándole a la gente con quién me acuesto, pero no me gusta tener secretos. En cualquier caso, no hemos hecho nada malo.

–No, pero es que... la hija de Tarrant no lo comprendería.

–¿No comprendería que dos adultos mantuvieran relaciones sexuales de mutuo acuerdo?

–No si fuéramos familia.

Louis se rió.

–Pase lo que pase con las pruebas, tú y yo jamás seremos familia. No somos parientes de sangre.

–No, pero ya sabes. Me ha costado mucho tiempo llevarme bien con ella y no querría que las cosas se estropearan. Por favor.

Louis se quedó mirando al frente, a la carretera sobre la que se proyectaban los dos haces de luz amarilla de los faros del coche.

–Está bien. No diré nada.

Por cómo lo había dicho, era evidente que no le hacía ninguna gracia aquella situación. A Sam no le gustaba hacerle ir contra sus principios. Aquello la llevó a preguntarse a quién querría contarle que se había acostado con ella.

Durante el resto del trayecto hablaron sobre música y películas de cine, es decir, mantuvieron una conversación educada, como la que se mantiene con una persona que acabas de conocer en una fiesta.

Más o menos, ésa era la relación que tenían. Sam no lo conocía de nada y él no la conocía de nada a ella.

El hecho de haber pasado una o dos noches juntos no cambiaba aquello.

Louis aparcó cerca del hotel de Sam, que estaba bastante nerviosa. A continuación, se bajó y rodeó el coche para abrirle la puerta y, por supuesto, se hizo a un lado para no tocarla.

Lo cierto era que Sam echaba de menos que lo hiciera.

–Buenas noches –se despidió con voz trémula.

–Me lo he pasado muy bien –contestó Louis a la luz de una farola–. Te voy a dar un beso de despedida… en la mejilla –anunció.

Sam tragó saliva y se dijo que no pasaba nada, pero, en un abrir y cerrar de ojos, en cuanto sus mejillas se encontraron, sus labios se buscaron.

Sam sintió un inmenso alivio cuando sus lenguas se encontraron también, le pasó los brazos por el cuello y Louis la agarró de la cintura y la besó con ternura a pesar de la pasión que había entre ellos.

–No sé si ha sido muy buena idea –comentó Sam cuando lograron separarse.

Louis no dijo nada. Se quedó mirándola. Era evidente que estaba excitado y que hubiera preferido, de no haber sido por las tonterías de Sam, pasar la noche juntos, que era lo que realmente los dos querían.

Pero no podía ser.

–¿A qué hora te viene bien que quedemos mañana para ir a hacerte las pruebas? –le preguntó Sam.

Louis tomó aire y suspiró.

–Cuanto antes. Terminemos con esto ya.

–El laboratorio abre a las nueve.

–Pasaré a buscarte por aquí a esa hora.

–Muy bien –se despidió Sam sonriendo y corriendo hacia el vestíbulo del hotel.

No se atrevió a girarse, pues sabía que Louis la estaría mirando.

Seguro que estaba esperando a que cambiara de opinión y corriera de nuevo a sus brazos.

A Sam le temblaron las manos mientras sacaba del bolso la tarjeta con la que se abría la puerta de su habitación. Apresuradamente, se metió en el ascensor y suspiró aliviada al verse sola.

Lo había conseguido.

Había conseguido que Louis accediera a hacerse las pruebas y había conseguido pasar toda la noche sin ningún contacto inapropiado entre ellos.

Excepto por el beso, pero sólo había sido un beso.

¡Pero qué beso!

Al llegar a su piso, salió del ascensor, avanzó por el pasillo cubierto de moqueta y se estremeció porque el aire acondicionado estaba bastante alto. Abrió la puerta de su habitación y entró en la magnífica suite de muebles de lujo y sábanas de quinientos dólares.

En la que estaba sola.

«Oh, Tarrant, ¿por qué te has muerto y me has dejado sola?».

Aquel lamento la perseguía. Qué duro era meterse en la cama sola todas las noches. Aquello le recordaba que no tenía a nadie que la consolara ni que la abrazara, nadie con quien comentar la cotidianidad de la vida, nadie que admirara su lencería.

Estaba segura de que Louis querría hacer todas aquellas cosas, pero, ¿durante cuánto tiempo? ¿Una semana? ¿Tal vez un mes?

Luego, tendría que volver a viajar para atender sus negocios y seguro que allí tendría una mujer esperándolo.

Debía de tener en cuenta que, mientras que ella había estado casada tres veces, él no había pasado por la vicaría.

Aquello no era buen síntoma.

Aunque no fuera el hijo de su marido, no había posibilidad de entablar una relación duradera con él.

Era el hombre que menos le convenía, la excusa perfecta para que los periódicos publicaran habladurías y comentarios humillantes sobre ella.

Aun así, no pudo evitar rezar para que no fuera hijo de Tarrant.

***

El sol de la mañana resplandecía sobre las aceras y los ventanales mientras Louis y Sam avanzaban andando desde el hotel al laboratorio.

Sam bendijo el sol, pues le daba la excusa perfecta para llevar unas grandes gafas que ocultaban sus emociones.

Vio sorprendida que, al pararse para dejar pasar un coche, lo hacían en el lugar exacto en el que había visto el letrero de *madame* Ayida el día anterior.

–Ayer fui a ver a esa mujer –declaró–. Lo que me dijo me hizo decidirme a cenar contigo para que accedieras a hacerte las pruebas.

–Vaya. Entonces, estoy en deuda con ella.

–Me dijo que siguiera los dictados de mi corazón –recordó Sam recordando el tono serio de la consejera espiritual.

–Buen consejo –comentó Louis–. ¿Tu corazón te dijo que no me tocaras o que me besaras?

Sam evitó responder a aquella pregunta riéndose.

–También me dijo que debía elegir entre dos caminos, uno que ya conocía y otro que me era desconocido y que esa decisión marcaría el resto de mi vida.

Louis se quedó mirándola muy serio. Tan serio que Sam se mordió el labio inferior.

–¿Tú crees que nuestro destino lo determinan fuerzas que no podemos controlar o crees que lo creamos nosotros?

–Creo que lo creamos nosotros, creo que las decisiones que vas tomando van dando forma a tu vida –contestó Louis.

–A veces, tengo la sensación de que estoy en una montaña rusa y de que lo único que puedo hacer es agarrarme fuerte. Todo lo que quiero hacer me sale mal –comentó Sam suspirando–. Antes creía que era porque no tomaba buenas decisiones, pero, desde que murió Tarrant, me inclino a pensar que hay cosas sobre las que no tenemos control. Creo que podría haberlo salvado de alguna manera, que tendría que haberlo hecho.

Louis frunció el ceño.

–Creo que tienes razón cuando dices que hay cosas sobre las que no tenemos control –recapacitó–. Yo, por ejemplo, no puedo controlar quién es mi padre.

–A lo mejor no lo es.

–Tengo la extraña sensación de que el resultado de esas pruebas va a ser el que tú quieres que sea.

Sam se quedó de piedra. Louis creía que ella quería que fuera hijo de Tarrant.

Qué equivocado estaba.

–Nunca se sabe. No te pareces a él en absoluto.

–No, me parezco a mi madre.

–Sí. Estoy de acuerdo. He visto sus discos. Es muy guapa.

Era cierto que Tarrant solía poner los discos de Bijou DuLac muy a menudo e incluso habían ido a verla en concierto una vez al Carnegie Hall, antes de que Sam supiera que era la madre de uno de sus hijos.

Una alegría que ella jamás conocería aquélla de ser madre.

Sam sintió que un vacío que conocía muy bien se

apoderaba de ella, pero continuó andando con la esperanza de que Louis no se diera cuenta de su zozobra.

—Hablando de mi madre, le daría un ataque si supiera que voy a hacerme esta prueba.

—¿No quiere que sepas quién es tu padre?

—Le parecería irrelevante. Mi madre no cree en el pasado ni en el futuro. Ella vive en el presente siempre, disfrutando de cada día. Para ella, el pasado no tiene importancia y los días que están por venir todavía no han llegado, así que ya los disfrutará cuando lleguen.

—Tengo la sensación de que a ti también te gusta esa filosofía.

—Así es. De momento, he tenido una vida maravillosa, así que podríamos decir que me ha ido bien esa filosofía.

—¿Y cómo te sientes ahora que vas a saber quién es tu padre?

—Me lo tomo como una aventura —contestó Louis con una sonrisa picaruela.

Al llegar a la puerta del laboratorio, una enfermera pelirroja salió a recibirlos y Sam le explicó que necesitaban hacer una prueba de ADN a Louis y que querían que les mandaran los resultados a los dos. No se molestó en explicarle que el resultado de esa prueba se compararía con los datos de Tarrant que ese mismo laboratorio tenía en Nueva York.

—Muy bien —contestó la enfermera haciéndolos pasar a una sala de espera.

Un rato después, llamaron a Louis, que fue a que

le tomaran una muestra de saliva. Cuando salió, estaba muy serio y no hablaron hasta que salieron a la calle.

—Tengo que tomar un vuelo —anunció Sam rezando para que Louis no le propusiera nada.

—Yo también. Me voy a París. Tenemos una fiesta por todo lo alto esta noche. Voy a ver a un montón de amigos.

Sam intentó ocultar su envidia.

—Qué divertido. Espero que lo pases bien.

—Gracias. En cuanto tenga los resultados, te llamo para hablar.

—Muy bien.

En aquella ocasión, Louis no se ofreció a acompañarla ni se despidió con un beso. Era evidente que él también sabía que cualquier contacto podía llevarlos a una explosión que ninguno de los dos podría controlar.

Sam consiguió despedirse de él con la mano de manera casual y corrió acera abajo con el corazón latiéndole aceleradamente, preguntándose si volvería a verlo.

Capítulo Seis

Sam sabía que los resultados del laboratorio llegarían aquel día, así que se quedó más tiempo en la cama.

Cuando el teléfono sonó, dio un respingo y levantó el auricular con manos temblorosas.

–¡Sam! –la saludó Bella, la encargada del laboratorio Hardcastle que llevaba personalmente aquel tipo de pruebas–. ¡Coincide! ¡Has encontrado a otro hijo de Tarrant!

–Fantástico –contestó Sam tragando saliva–. ¿Estás segura?

Había conseguido casi convencerse de que Louis no iba a ser hijo de Tarrant, de que era una de entre tantos millones de personas que había por el mundo que no tenían nada que ver con él.

Que podría ser... suyo.

–No hay ninguna duda. Estamos seguros casi al cien por cien. Es increíble, ¿verdad? Lo digo porque los tres se dedican a cosas parecidas. Dominic a las tiendas de delicatessen, Amado a las bodegas y Louis a los restaurantes. Supongo que eso demuestra que las manzanas no se alejan mucho del manzano.

–Sí... –contestó Sam sintiendo que el corazón le

iba a explotar–. Bueno, muchas gracias. Qué buena noticia –mintió.

Al colgar, sintió ganas de llorar.

Todo había terminado.

Se acabaron las miradas de flirteo, los besos y los abrazos.

Iba a comenzar la fase de viuda de su padre.

Lo mejor sería decírselo ella misma.

–¿Podría hablar con Louis DuLac, por favor?

Al reconocer la voz de Sam, Louis sintió un profundo placer y sonrió al percibir su tono serio.

–Soy yo –contestó.

Estaba en su restaurante, repasando unos cuantos pedidos justo antes de que llegara la clientela de la hora de comer. Sentía el aire que movía el ventilador sobre la piel y no pudo evitar recordar los ojos azules de Sam y su cuerpo atlético.

–Hola, soy Sam –le dijo ella como si se conocieran del trabajo, como si jamás hubieran hecho el amor durante toda una noche.

–Te he reconocido. Hola, Sam –contestó Louis.

–Eres hijo de Tarrant. Me lo acaban de confirmar desde el laboratorio. No hay ninguna duda. Definitivamente, eres hijo suyo –le espetó.

Louis se quedó sin palabras.

Así que era hijo de Tarrant.

Así que tenía un padre.

Pues por supuesto que tenía un padre. Todo el mundo lo tenía. Era requisito imprescindible para llegar a esta vida, pero ahora resultaba que tenía los rasgos físicos de una persona a la que ni siquiera conocía.

–¿Estás ahí? –le preguntó Sam sacándolo de sus pensamientos.

–Sí, estoy aquí. Estoy asimilando la noticia.

–¿Verdad que es maravilloso? –le preguntó Sam con alegría fingida.

–Sí, supongo que sí –contestó Louis.

Por lo visto, Sam quería que fuera hijo de Tarrant.

–Estoy encantada –insistió sin convicción–. Era exactamente lo que quería. Tienes que venir a Nueva York cuanto antes. Tu hermano Dominic está ansioso por conocerte y tu hermana Fiona, también. Amadeo me ha dicho que llegará de Argentina en cuanto pueda.

–¿Tengo tres hermanos? –preguntó Louis sin poder ocultar su emoción.

Sam ya le había hablado de los otros hijos de Tarrant, pero hasta aquel momento no habían tenido nombre.

Louis sintió que la piel se le ponía de gallina.

Desde que había perdido a sus abuelos, se había sentido muy solo. Su madre no solía estar disponible para nadie excepto para sí misma. Por eso, Louis se había criado prácticamente con sus abuelos, que habían sido quienes le habían dado amor y apoyo.

Desgraciadamente, habían muerto uno a las pocas semanas del otro.

–La verdad es que yo también quiero conocerlos cuanto antes –contestó sinceramente–. ¿Dónde tengo que ir? Dime la dirección y el día y allí estaré.

–Oh, Louis, qué contenta estoy. De verdad –comentó Sam a pesar de que Louis sabía que estaba llorando–. Tarrant estaría tan feliz... es una pena que no le hayas podido conocer.

–Tengo la sensación de que lo voy a conocer de todas maneras.

«Ya me he acostado con su esposa», pensó mientras los remordimientos se mezclaban con el deseo.

–Verás, me gustaría preguntarte si...

–¿Si me mantendré alejado de ti?

–Sí –contestó Sam.

El alivio que Louis detectó en su voz no le hizo demasiada gracia y se dijo que ganaba dos hermanos y una hermana a cambio de perder a su amante.

Claro que tampoco se podía decir que Sam fuera su pareja, así que no era para tanto.

No debía olvidar que era la viuda de su padre, su madrastra.

–Te prometo que seré muy discreto.

–¿Qué te pasa, Sam? Tranquilízate –le dijo Dominic, que estaba firmando unos contratos sentado a su mesa–. Es fantástico que hayas encontrado a otro de nuestros hermanos.

Sam tragó saliva y miró a su alrededor. Estaba en el espacioso despacho que Dominic tenía en Hardcastle Enterprises y no pudo evitar preguntarse qué diría si supiera que se había acostado con Louis. Dominic, el primogénito de Tarrant, era un hombre de valores muy conservadores. Hasta el punto de que, al principio, había rechazado cualquier contacto con su padre por haber abandonado a su madre y haber descuidado sus responsabilidades para con él.

−¿A qué hora llega? −preguntó Amado, que había llegado de Argentina con el único propósito de conocer a su nuevo hermano y que estaba muy contento.

−Debe de estar a punto de llegar −contestó Sam intentando mantener la calma.

Dominic se puso en pie, cruzó la estancia, se acercó a ella y la abrazó. Aunque en un principio había mantenido las distancias, había terminado por erigirse en líder de los hermanos, para gran felicidad de Sam.

−Sam, espero que te des cuenta de que ninguno de nosotros estaríamos aquí si no fuera por ti. Eres una mujer maravillosa.

−No digas esas cosas. Todo esto fue idea de vuestro padre −contestó Sam riéndose.

−Di lo que quieras, pero nosotros tenemos muy claro que estamos aquí gracias a ti.

−Eres como nuestra madre, Sam −sentenció Amado−. Te guste o no −añadió sonriendo encantado.

Sam palideció.

−Bueno, yo diría que soy, más bien, como una hermana.

−Si te refieres a la edad, estoy completamente de acuerdo contigo, pero demuestras mucha más sabiduría y madurez. No, insisto en que eres como nuestra madre −contestó Amado abrazándola también.

Sam sintió que los ojos se le llenaban de lágrimas

a causa de la emoción. Lo cierto era que sentía un afecto maternal por aquellos jóvenes.

¿Qué demonios le había pasado con Louis? Lo que sentía por él no tenía nada que ver con el afecto materno.

–Louis DuLac acaba de llegar –anunció Fiona entrando en el despacho–. Está subiendo.

–Oh, Dios mío –dijo Sam llevándose la mano al pecho–. Qué nervios. Qué bien –añadió sonriendo a la hija del segundo matrimonio de Tarrant.

Pero la chiquilla estaba atareada con los botones de su nuevo iPod, fingiendo que le daba igual que hubiera aparecido otro hijo de su padre, otro hombre que la apartaba de su categoría de hija única.

A Sam le dio cierta pena. Qué frágil era la relación que mantenía con ella. Otra razón más por la que su aventura con Louis debía permanecer en secreto.

Sam miró a Dominic y a Amado, que estaban de pie, expectantes y sonrientes. Sus esposas, Bella y Susannah, estaban ayudando a Fiona a organizar una fiesta de celebración para aquella noche.

Sam no sabía cómo iba a reaccionar cuando viera a Louis. Había soñado con él muchas veces, había pensado en él, en su rostro, en sus manos y en sus caricias en muchas ocasiones.

¿Sería capaz de mantener las emociones a raya cuando lo viera o se sonrojaría de tal manera que todo el mundo se daría cuenta de lo que había sucedido entre ellos?

Menos mal que había tenido la precaución de ponerse una gruesa chaqueta de Chanel. Así, si su cuerpo se excitaba, nadie se daría cuenta de que se le endurecerían los pezones.

En aquel momento, se abrió la puerta y Sam sintió que el corazón le daba un vuelco.

—¡Ya está aquí! —exclamó Melissa, la secretaria de Dominic.

Todo el mundo en la empresa estaba encantado de que Sam hubiera encontrado a otro hijo de Tarrant. De hecho, ella tendría que ser la más feliz, pues había cumplido con su misión en la vida: reunir a los hijos desperdigados de su difunto marido.

Entonces, ¿por qué se sentía como si se le estuviera escapando la sangre de las venas?

Cuando Louis entró en el despacho, su mirada se cruzó directamente con la de Sam.

—Hola, Louis —lo saludó ella—. Te presento a tu hermano Dominic —se apresuró a añadir para romper la tensión.

El aludido dio un paso al frente, alargó el brazo y estrechó la mano a su nuevo hermano.

—Qué contentos estamos de que Sam te haya encontrado.

—Yo, también —contestó Louis mirando a Sam con aquellos ojos color caramelo que ella conocía tan bien.

Al instante, sintió que el deseo se apoderaba de ella.

—Y éste es tu hermano Amado. Ha volado por la noche desde Argentina para estar aquí cuando llegaras.

Amado estrechó la mano de Louis entre las suyas con fuerza.

—Supongo que te sentirás extraño —comentó con su acento argentino—, pero te acostumbrarás, de verdad.

–La verdad es que no me siento extraño en absoluto –contestó Louis–. Sam estaba tan convencida de que iba a ser hijo de Tarrant, que, cuando llegaron los resultados de las pruebas de ADN, no me sorprendieron.

Sam tragó saliva.

–Es maravilloso poder veros juntos... –comentó.

Lo cierto era que los tres hijos de Tarrant se parecían entre sí. Los tres eran altos, de complexión fuerte y piel morena. No se parecían a su padre, pero sí se parecían entre ellos.

–Me encantaría que vuestro padre estuviera aquí para disfrutar de este momento.

Dominic se acercó a ella y le pasó el brazo por los hombros con cariño. Probablemente porque sabía que, cuando Sam recordaba a Tarrant, se ponía muy triste.

Sam se agarró a su mano e intentó mantener la compostura.

«Puedo hacerlo», se dijo.

Debía honrar la memoria de Tarrant reuniendo a su familia. Tenía que ser capaz de olvidarse de Louis como hombre y hacerle un hueco en su vida como... hijo.

Sam buscó su mirada para tranquilizarse, pero, cuando sus ojos se encontraron, la energía que fluyó entre ellos no fue precisamente la que hay entre una madre y su hijo.

–Éste es el laboratorio –dijo Bella, la directora de investigación de Hardcastle Enterprises, dando la bienvenida a Louis y a los demás.

Louis llevaba apenas una hora en el edificio, que le parecía un lugar muy moderno.

–Cuando aparecí por aquí la primera vez, Bella llamó a seguridad para que me echaran –le contó Dominic.

–Y ahora estáis casados ¿no? –contestó Louis intentando hacerse una idea de los lazos que unían a toda aquella gente que acababa de conocer y que ahora era su familia.

–Es una historia muy larga, pero todos sabemos que los caminos que conducen al corazón no suelen ser fáciles –apuntó Bella–. Eso dicen, ¿no?

–Eso dicen –contestó Louis mirando hacia atrás con la esperanza de ver a Sam.

Pero no fue así. Detrás estaban Amado y Susannah, felizmente agarrados de la cintura. No había ni rastro de Sam, que había desaparecido en cuanto habían salido del despacho de Dominic.

En cuanto la había visto, Louis había soñado con abrazarla, pero Sam le había advertido con la mirada que mantuviera las distancias.

–¿Cómo reaccionaste cuando Sam fue a tu encuentro? –le preguntó Fiona–. ¿Fue una gran sorpresa?

«Ni te lo puedes ni imaginar», pensó Louis.

–Me había enviado unas cuantas cartas hablándome de Tarrant, pero yo no le había contestado. Supongo que no estaba preparado. Claro que, cuando apareció, fue completamente diferente. No es fácil ignorarla en persona –añadió sonriente.

–Papá no fue capaz, desde luego –comentó Fiona guiñándole el ojo–, pero no me quejo. Sam es una buena madrastra. Por cierto, ¿qué sientes ahora que, de repente, tienes una madrastra?

Louis sintió que le faltaba el aire.

–No me es posible pensar en ella como si fuera mi madrastra. Es demasiado joven.

Fiona se rió.

–Eso dijo todo el mundo cuando se casó con mi padre.

Louis se dio cuenta de que Fiona no se lo debía de haber puesto fácil a Sam y él sabía que Sam se esmeraba por construir una relación agradable con aquella pelirroja que ahora era su hermana.

Comprendía que no debía de ser fácil para ella, pues hasta hacía poco tiempo había sido la única hija de Tarrant Hardcastle. Louis tuvo que hacer un esfuerzo para no abrazarla.

–¿Y tú? ¿Cómo llevas eso tener tres hermanos mayores de repente?

–Bueno, suelen decir que tus hermanos mayores siempre te presentan a sus amigos más guapos –contestó la pelirroja sonriendo–. Así que estoy esperando.

Aquello hizo reír a todos.

Louis miró a sus hermanos Dominic y Amado. El parecido que había entre ellos era sorprendente. No había duda de que eran de la misma sangre. Al pensar en ello, una sensación cálida y agradable invadió su pecho.

Tenía hermanos.

Cuántas veces había deseado tenerlos siendo niño. Le hubiera encantado poder compartir los juegos con alguien y ahora, de repente, habían aparecido en su vida.

–Venga, que todavía queda mucho por ver –le dijo Dominic dándole una palmada en el hombro–. Seguro que Susannah te quiere enseñar las bodegas, ese lugar donde guarda los mejores vinos del mundo, incluidos los de su marido.

–¿Fue así como os conocisteis? –preguntó Louis, que sabía que Amado y Susannah se habían casado hacía poco.

–Susannah vino a verme a Argentina para decirme que cabía la posibilidad de que fuera hijo de Tarrant Hardcastle.

–Fue toda una sorpresa para él ya que Amado creía que sus abuelos eran sus padres. No tenía ni idea de que su hermana, que había muerto hacía mucho tiempo, era en realidad su madre –le contó Susannah.

–La verdad es que no lo encajé muy bien, pero Susannah me enseñó que, a veces, poner la vida patas arriba puede ser bueno –le contó Amado.

–Estoy de acuerdo –contestó Louis mirando a su nueva familia con cariño–. Yo siento que mi vida se ha puesto patas arriba, pero estoy contento.

Los invitados giraban en la pista de baile al son de la música.

–Fiona, ¿has visto a Sam? –le preguntó Louis a su hermanastra.

La preciosa pelirroja miró a su alrededor.

El restaurante estaba abarrotado.

Se suponía que la fiesta que estaba teniendo lugar

en The Moon, el restaurante situado en la última planta de Hardcastle Enterprises, iba a ser una ocasión familiar e íntima, pero la fiesta se había desbordado y se había convertido en el evento del año.

Acudían personas de todas partes. A Louis no le importó porque le encantaban la fiestas y le gustaba ser el centro atención, pero tenía la desagradable sensación de que Sam había desaparecido para evitarlo.

No le había dado un beso de bienvenida. Ni siquiera le había estrechado la mano. Aquello no había sido muy amable por su parte.

–La he visto hará una media hora, hablando con un amigo de papá. Seguro que está por aquí. Jamás se iría de una fiesta familiar.

Eso era cierto. Sam era la anfitriona perfecta y jamás abandonaría a sus invitados.

Ni siquiera por evitar a uno de ellos.

En aquel momento, la vio de reojo, se despidió de Fiona y avanzó hacia ella. Sam estaba hablando con una mujer muy elegante, mayor que ella. Louis observó su esbelta figura cubierta por un precioso vestido negro.

Cuando llegó a su lado, aspiró el olor de su caro perfume.

–Hola, Sam –le dijo poniéndole en la mano en el brazo.

–Hola, Louis –contestó ella girándose e intentando ocultar su pánico con una sonrisa–. ¿Te lo estás pasando bien?

–Me lo estoy pasando fenomenal –contestó Louis–. Sólo me falta una cosa.

–¿Qué? –le preguntó Sam mojándose los labios.

–Tú –le dijo Louis al oído.

–Lo siento, he estado muy ocupada con los invitados –se disculpó Sam despidiéndose de la mujer con la que estaba hablando, que desapareció entre los invitados.

–Yo también soy un invitado.

–Se supone que Dom y Amado se iban a hacer cargo de ti.

–Así ha sido, pero ahora están bailando con sus mujeres… y yo no tengo con quién bailar –contestó Louis en tono lastimero.

–No, no puedo –contestó Sam mirándolo asustada–. La mayoría de la gente que hay aquí son amigos de Tarrant.

–No te estoy pidiendo que te desnudes, sólo que bailes conmigo.

Sam se quedó mirándolo fijamente.

–Supongo que un baile no me hará ningún daño.

–No te vas ni a enterar –contestó Louis.

Dicho aquello, sonrió, la tomó de la mano y la llevó hasta la pista de baile. Un pinchadiscos de lo más creativo estaba mezclando viejos éxitos de su época del colegio con percusión africana y estaba consiguiendo que los invitados se dejaran llevar por aquella música tan sensual.

–¿No entiendes que estoy dolido porque me hayas ido a buscar, me hayas presentado a mi nueva familia y luego me hayas abandonado? –le preguntó Louis a Sam mientras bailaban.

–Estoy segura de que entiendes la situación –contestó Sam dejándose llevar por la música y manteniendo las distancias.

Estaba realmente nerviosa. Apenas podía respirar y no quería ni mirarlo.

Louis se moría por tomarla entre sus brazos y sabía perfectamente que eso era lo que Sam quería. Lo que ambos querían y necesitaban.

–Lo entiendo perfectamente –contestó sin embargo–. La familia que has creado es maravillosa y comprendo perfectamente que quieras protegerla.

Sam se mordió el labio inferior mientras los ojos se le llenaban de lágrimas.

–Te agradezco tu comprensión y quiero que sepas que estoy realmente contenta de que formes parte de esta familia.

–Yo, también –contestó Louis sinceramente–. Estoy encantado de haberos conocido a todos –añadió pensando en sus hermanos, con los que ya sentía un vínculo muy fuerte.

Sam sonrió encantada y su sonrisa iluminó toda la pista de baile como rayos de sol.

–Habría preferido que las cosas hubieran sido de otra manera.

–Piensa que las cosas suceden como suceden por algo.

Sam se quedó pensativa. Su cuerpo comenzó a moverse de manera más natural al son de la música y Louis tuvo que hacer un gran esfuerzo para no fijarse en sus caderas y en sus pechos.

–¿Lo dices en serio?

–No –contestó Louis–. Para ser sincero creo que

las cosas suceden y tú tienes que tomártelas lo mejor que puedas. Mira, yo por ejemplo hubiera preferido que un terrible huracán no hubiera destrozado la ciudad en la que crecí, pero, si no hubiera sido así, todavía seguiría viviendo en París.

–¿Volviste después del Katrina?

–Sí, para ayudar a mis abuelos. Gracias a Dios, su casa aguantó, pero ellos quedaron tocados anímicamente. Invitaron a muchos amigos a alojarse con ellos y yo los ayudé con las comidas y esas cosas. Rápidamente, caí bajo el embrujo de la ciudad.

Sam lo miró con su mirada azul, animándolo a que siguiera hablando.

–Así fue como decidí comprar unos cuantos edificios antiguos preciosos, los reformé y creé hogares para la gente que se había quedado sin casa. Cuando todo se calmó, ayudé a mi abuelo a reconstruir su cabaña de pesca y su barco. Para entonces, ya tenía muy claro que quería quedarme en Nueva Orleans.

–Sí, leímos que habías hecho mucho para reconstruir la ciudad –comentó Sam acercándose para hacerse oír por encima de la música.

–Se me hace raro ahora que sé que me estabais buscando cuando yo no sabía ni siquiera que existíais.

–Sabíamos que habías comprado casas y restaurantes para dar hogar y trabajo a mucha gente. Eso hizo que tuviéramos todavía más ganas de conocerte y nos dolió mucho que no respondieras a nuestras cartas ni a nuestras llamadas.

Louis se sintió culpable.

–Podría decirte que estaba ocupado, pero creo que,

en realidad, no respondí porque mis abuelos murieron el año pasado con un mes de diferencia y no era el mejor momento para ponerme a hablar de otra familia.

–Lo siento.

–Me alegro de haber podido pasar tiempo con ellos antes de que murieran. Eso también se lo tengo que agradecer al horrible huracán.

Al bailar, el perfume de Sam había invadido el espacio que los rodeaba. Tenerla tan cerca era un tormento delicioso. Hablar de lo que había perdido hacía que Louis quisiera tocar lo que había encontrado.

–Bueno, tú sabes perfectamente lo que se siente cuando muere un ser querido.

–Sí, lo sé perfectamente –contestó Sam–. Es como si te arrancaran un brazo.

–Creo que los dos empleamos la misma estrategia para soportar ese dolor: mantenernos ocupados –comentó Louis haciéndola reír.

Aquel sonido hizo que a Louis se le acelerara el corazón.

–Tienes razón. Desde que murió Tarrant, no paro.

–Porque tienes miedo de que, si lo haces, te vendrás abajo.

–Exacto. Y no quiero. No quiero venirme abajo. Lo he pasado muy mal en los últimos diez años y prefiero mirar hacia delante y seguir caminando. ¿Te parece una locura?

–En absoluto. Me parece muy valiente por tu parte –contestó Louis sinceramente.

Las ganas de tomarla entre sus brazos eran cada vez más ardientes.

–Tú y yo nos parecemos mucho, Sam –le dijo inclinándose sobre ella–. Creo que a los dos nos gusta estar rodeados de gente que se ríe y se lo pasa bien.

–Sí, somos de estar con los demás –contestó Sam mirándolo con un brillo divertido en los ojos.

–Así es y, a veces, nos es más fácil ocuparnos de los demás y de los eventos sociales que parar para estar con nosotros mismos y poder decidir lo que queremos hacer con nuestras vidas.

Sam se mordió el labio inferior emocionada mientras Louis se acercaba un poco más.

–O lo que necesitamos en la vida –añadió.

Ya no podía más. Necesitaba tocarla.

–Ven conmigo –le dijo tomándola de la mano.

Sam no opuso resistencia. Permitió que Louis la guiara lentamente, sin traicionar la urgencia que sentía, hacia la salida. No protestó cuando pasaron ante los camareros uniformados que estaban sirviendo canapés a los invitados ni cuando llegaron a los ascensores.

Una vez dentro de uno de ellos, a solas por primera vez desde que Louis había llegado a Nueva York, Sam sintió la imperiosa necesidad de besarlo.

A él le pasaba exactamente lo mismo, pero consiguió controlarse porque se dio cuenta de que había una cámara de seguridad. Sam lo miró nerviosa mientras cruzaban el vestíbulo del edificio, se despidió del guardia de seguridad que había en el mostrador de recepción y salió a la Quinta Avenida en su compañía.

–Vamos a mi hotel –murmuró él–. Está a un par de manzanas de aquí.

Sam no contestó, se limitó a seguirlo, a caminar a su lado.

–¿Qué dirán cuando se den cuenta de que me he ido? –comentó.

–No creo que se den cuenta. Se lo están pasando fenomenal.

Sam lo miró apenada.

–Tienes razón –comentó–. A veces se me olvida que los demás tienen sus vidas.

Louis se sintió mal por el comentario que había hecho.

–Sam, tú eres importante en sus vidas. De hecho, eres la razón por la que estamos aquí esta noche. Gracias a tu energía, a tu forma de ver las cosas y a ese gran corazón que tienes y, además, eres importante para mí –añadió con convicción.

Sam fue a protestar, pero Louis no se lo permitió, se apoderó de sus labios y la besó. Sam lo besó también mientras Louis le pasaba los brazos por la cintura y la abrazaba con fuerza contra su cuerpo.

Sam se estremeció y Louis comprendió que llevaba tantos días y tantas noches como él soñando con aquel momento.

Louis se dio cuenta de que estaban en mitad de la calle y, haciendo un gran esfuerzo, consiguió apartarse.

–Ya casi hemos llegado –le indicó.

Sam se puso unas gafas oscuras cuando se aproximaron al hotel de Louis.

–¿Te las pones por si te deslumbran las luces del vestíbulo? –bromeó él.

—Me las pongo por si hay alguien conocido.
—¿Por? No estamos cometiendo ningún delito.

Sam lo miró de reojo.

—No, no estamos cometiendo ningún delito, pero esto podría ser un gran escándalo –murmuró.

Aquella posibilidad hizo que a Louis se le disparara todavía más el deseo.

Por lo visto, tenían maneras diferentes de reaccionar ante el escándalo, pero respetaba profundamente el miedo de Sam.

Juntos cruzaron el vestíbulo en dirección a los ascensores. Una vez dentro, Louis pensó en el poco tiempo que le faltaba para poder ver aquel cuerpo desnudo y glorioso de nuevo ante él.

—Las gafas de sol hacen que parezca que tienes algo que esconder –comentó.

—Y así es.

—Menos mal que a mí no me lo has podido ocultar –comentó Louis controlándose de nuevo ante la cámara de seguridad.

Cuando llegaron ante la puerta de su suite, el servicio de habitaciones estaba dejando el champán y el caviar que había encargado en recepción al llegar, así que Louis le dio una buena propina al botones y acompañó a Sam al interior.

—No me gusta nada comer caviar con pan –comentó–. Me gusta mucho más hacerlo sobre el cuerpo desnudo de una preciosa mujer.

—Menudas ideas –contestó Sam bajándose las gafas hasta la punta de la nariz y mirándolo con ojos golosos.

–¿Y qué quieres después de la infancia que tuve? Compréndeme –bromeó Louis sonriendo.

Para entonces, sus cuerpos ya estaban muy cerca y Louis deslizó las manos hasta las caderas de Sam.

–Fuera el vestido –le ordenó.

Sam asintió y comenzó a bajar una cremallera lateral. Ante aquella imagen, Louis sintió que la erección le pulsaba con fuerza y apretó a Sam de la cintura. Al hacerlo, ella gimió excitada y entre los dos se deshicieron del vestido negro, que cayó al suelo.

–Ahora estás mucho mejor –dijo Louis con la respiración entrecortada.

Sam había quedado ante él en ropa interior. Llevaba un conjunto negro de encaje.

–En verano no suelo llevar medias –comentó avergonzada.

–Yo tampoco –bromeó Louis–. Me dan mucho calor.

Sam se rió y dirigió la mano derecha hacia la braqueta de Louis. Le desabrochó el botón sin miramientos. A continuación, le bajó la cremallera y los pantalones.

–Me tendría que quitar los zapatos –comentó Louis sintiendo los dedos de Sam sobre la piel.

–Ya te los desato yo –se ofreció ella.

Desde arriba, verla arrodillada ante él lo excitó sobremanera. Sam llevaba unas braguitas tipo tanga que dejaban al descubierto un trasero con muchas horas de gimnasio.

Una vez le hubo desabrochado los zapatos, Sam se concentró en desabrocharle la camisa. Louis estaba tan excitado que no podía parar de tocarla. Sam tenía el cuerpo de una mujer en el sentido femenino de las curvas, pero también los músculos tonificados.

Louis disfrutó de acariciar aquel cuerpo que no había podido tocar la noche que habían salido en barco. Sam estaba tan excitada como él. Tenía la respiración entrecortada. Su urgencia era palpable.

Aquello le dio a Louis una idea. Sam le había hecho pasarlo mal durante una noche entera. Ahora debía sufrir ella. Debía pagar por lo que había hecho.

—Sam —murmuró mientras ella le desabrochaba el último botón de la camisa.

—¿Qué?

—Estaba pensando que tienes razón.

—¿Sobre qué? —preguntó Sam mientras le quitaba la camisa.

—No deberíamos tocarnos.

Sam elevó la cabeza y lo miró a los ojos.

—¿Estás de broma?

Para entonces, la camisa había caído al suelo y Louis había quedado en calzoncillos, lo que revelaba su erección.

—No —contestó—. Cuando tú me pediste que no nos tocáramos, yo acepté y cumplí. Ahora te pido que hagas tú lo mismo.

Sam se mojó los labios. Se le habían endurecido los pezones y estaba visiblemente excitada.

—¿Para qué? —preguntó.

—Para pasárnoslo bien —contestó Louis sonriendo—. Túmbate en la cama —le ordenó.

Sam lo miró, asintió y cruzó el dormitorio andando con elegancia. A Louis le encantó ver su trasero en movimiento.

Estaba seguro de que la señora Hardcastle tenía una vena salvaje y él estaba más que decidido a explorarla.

Sam se tumbó en la cama boca abajo sin poder ocultar su entusiasmo.

—No sé si puedo confiar en ti —comentó Louis acercándose.

—Prometo portarme bien —contestó Sam fingiendo inocencia.

—De no ser así, tendré derecho a aplicarte medidas correctoras. Te lo advierto.

—Muy bien —accedió Sam jugando al mismo juego que él.

—Me alegro de que nos entendamos —contestó Louis acercándose a la cubitera y sirviendo una copa de champán—. Como hemos quedado en que no nos vamos a tocar, vamos a explorar los sentidos y vamos a empezar por el gusto —declaró acercándose y entregándole la copa—. Quiero que des un trago, pero que no te lo tragues. Deja que el champán explore tu boca y disfruta del sabor y, luego, me lo pasas.

—¿Sin tocarnos? —le preguntó Sam.

—Sin ni siquiera rozarnos.

Sam lo miró encantada, se elevó sobre las rodillas y aceptó la copa teniendo mucho cuidado para que sus dedos no se tocaran.

Louis se tumbó boca arriba en la cama y colocó la cabeza entre sus rodillas teniendo también mucho cuidado para que sus cuerpos no entraran en contacto.

Al hacerlo, percibió el olor de su feminidad y se preguntó quién estaba más atormentado, si ella o él otra vez.

Sam se inclinó hacia delante sonriente, colocó la boca a un milímetro de la de Louis, quien abrió los labios para que Sam le echara el champán dentro. El líquido caliente y dulce le pareció ambrosía celestial.

—Gracias —dijo tras tragárselo.

Sam sonrió y Louis se fijó en que miraba hacia su entrepierna, donde su erección amenazaba con atravesar la tela de los calzoncillos.

—Elige otro sentido.

—¿Qué te parece el oído? —propuso Sam.

—Muy bien —contestó Louis—. Vas a escuchar el latido de mi corazón mientras te digo al oído todo lo que te voy a hacer esta noche.

Sam lo miró sorprendida.

—Túmbate de lado —le ordenó Louis tumbándose a su lado a continuación—. Ten cuidado, no me toques. Ya sabes que habría consecuencias.

Sam se acercó con mucho sigilo y se apartó un mechón de pelo de la cara. El deseo era tan intenso que Louis pensó en olvidarse del jueguecito y besarla.

—Sí, oigo el latido de tu corazón —comentó Sam—. ¡Se acaba de alterar y va cada vez más rápido!

Louis pensó que, a lo mejor, le estaba revelando demasiado a una mujer que tenía tanto poder sobre él.

—Venga, empieza. Quiero saber lo que te excita —lo animó Sam—. Quiero saber lo que me quieres hacer.

—Muy bien. Allá voy. Para empezar, me gustaría chuparte desde el lóbulo de la oreja hasta los pezones.

—Se acelera un poco más.

—Me gustaría desabrocharte el sujetador con los dientes.

—Te advierto que este sujetador tiene un cierre un poco complicado.

—Me las apaño muy bien con los dientes, no te preocupes.

—¿Qué más?

—Te voy a chupar los pezones hasta que se te pongan como piedras.

—No te va a costar mucho.

—Y, para terminar, te voy a chupar por la tripa hasta llegar a los muslos y...

—Se te va a salir el corazón del pecho.

—No me extraña –contestó Louis apartándose y levantándose de la cama.

—¿Qué sentido viene ahora? –preguntó Sam.

Aquello no estaba saliendo bien. Sam estaba disfrutando con lo que se suponía que tenía que estar torturándola.

—¿Qué te parece el olfato? –le propuso tumbándose boca arriba con las manos detrás de la nuca–. Me gustaría olerte de pies a cabeza.

—No sé yo... no me ducho desde esta mañana –contestó Louis sonriendo con aire divertido.

—Mejor. Ven aquí. No es justo que te lo pases bien sólo tú.

—Está bien –accedió Louis tumbándose de nuevo.

En un abrir y cerrar de ojos, Sam se sentó a horcajadas sobre él.

—Me estás tocando con el pelo —le advirtió.

—Eso no cuenta —contestó Sam inclinándose y oliéndole por el cuello y la mejilla.

Louis también la olía y ya no podía más.

—Este jueguecito me está matando —declaró.

—Pues ha sido idea tuya —le recordó Sam—. Tienes que contarme lo que tenías previsto hacerme si te hubiera tocado —añadió.

Sí, definitivamente, aquella mujer tenía una vena salvaje.

Louis sintió que el deseo se apoderaba de él. Había conseguido que la Sam de verdad saliera a la luz, que la persona creativa y llena de energía que se había mantenido quietecita y calladita durante tantos años se descontrolara.

Era la mujer que más lo había excitado en el mundo y no estaba dispuesto a echarse atrás, aunque fueran familia.

Capítulo Siete

Sam se rió al ver la cara que ponía Louis. Por una parte, parecía decidido, pero, por otra, se había quedado compungido. Jamás hubiera creído posible aquella mezcla.

Claro que nunca había conocido a un hombre como Louis DuLac.

–Venga, ¿qué me ibas a hacer? Que ahora te lo voy a hacer yo a ti –le preguntó echándose hacia delante y poniéndole los pechos a pocos milímetros de la boca.

A lo mejor tendría que haberse sentido sorprendida de su propia reacción seductora, pero lo cierto era que se sentía muy cómoda.

–Bueno –contestó Louis mojándose los labios–, había pensado en atarte... con suavidad... al cabecero y hacerte todo lo que me apeteciera –añadió sonriendo con picardía.

–Vaya, seguro que habría sido divertido. Qué pena habérmelo perdido –contestó Sam–. ¿Y con qué podría atarte?

–Con el sujetador –contestó Louis sin poder apartar los ojos de sus pechos.

La miraba de manera tan lujuriosa que Sam no

podía más de excitación. Aquella forma de mirarla hacía que se sintiera femenina, deseable y poderosa.

Quizás, por primera vez en su vida.

—Habías dicho que podías hacer maravillas con los dientes, ¿no? —le recordó.

—¿Me estás retando? —contestó Louis enarcando una ceja.

—Sí, por supuesto —contestó Sam acercándose un poco más—. Estoy esperando.

—No sé si voy a poder hacerlo sin tocarte —contestó Louis.

—No pasa nada porque me toques, pero no con las manos.

La verdad era que Sam se moría porque la tocara. Aquel juego la estaba excitando hasta límites insospechados.

Louis se quedó mirando el cierre del sujetador como un ladrón experto que estudia la caja de seguridad que tiene delante.

A continuación, se inclinó y descansó el rostro entre los pechos de Sam, buscando con la boca el cierre. Sam sintió sus labios en la piel y se estremeció de placer mientras sus pezones se endurecían sobremanera, ansiando la liberación que presentían tan cercana.

Louis tardó unos tres segundos en desabrochar la prenda y elevó la mirada triunfante.

—Sí, desde luego, se te da bien —comentó Sam deslizándose los tirantes del sujetador por los brazos—. Ahora, acércate al cabecero.

Louis así lo hizo, Sam le agarró una mano, enrolló el sujetador varias veces alrededor y lo ató.

A continuación, comenzó a besarlo por la tripa y los muslos. Cuando parecía que el calzoncillo se iba a agujerear, Sam se lo quitó y lo dejó libre. Su propia excitación la hizo reírse en más de una ocasión. Era una verdadera tortura estar tan cerca de hacer el amor con aquel hombre y seguir posponiéndolo, pero resultaba muy divertido.

La verdad era que era la primera vez que se lo pasaba bien en la cama con un hombre.

Tarrant no había podido mantener relaciones sexuales ya que su enfermedad le había impedido tener una erección y a Sam no le había importado lo más mínimo porque sus dos primeros matrimonios le habían dejado con la sensación de que el sexo era una obligación matrimonial de lo más aburrida, como planchar camisas.

La primera vez que se había acostado con Louis había sido tan intensa y explosiva que no habían podido jugar.

En esta ocasión, tenían todo el tiempo del mundo para hacerlo.

Louis lo sabía todo sobre ella, conocía las relaciones que había tenido en el pasado y las experiencias que la habían llevado a ser quién era en la actualidad. No tenía nada que esconderle. Sam tenía la conciencia tranquila y podía pensar en sus maridos mientras estaba con él y no sentirse culpable ni avergonzada.

No tenía que fingir inocencia ni experiencia para ser perfecta.

Louis quería que fuera ella misma.

Eso había sido lo que la había llevado a no dudar,

como le solía pasar, a olvidarse de sus miedos y de sus preocupaciones.

Lo único que le importaba en aquellos momentos era lamerlo de arriba abajo y disfrutar de su olor masculino.

–Me vas a matar –suspiró Louis mirándola con un brillo de placer en los ojos.

–No sabía que pudiera hacerlo –contestó Sam elevando la mirada.

Ver a Louis tan excitado la hacía excitarse todavía más. Saber que estaba así por estar con ella la llenaba de satisfacción.

–Sam... –le advirtió Louis tirando de la mano que tenía atada.

Una vez liberado, miró a Sam con ojos de depredador y sonrió. Sam se estremeció de pies a cabeza y, en un abrir y cerrar de ojos, se estaban abrazando con desesperación.

–No te puedes ni imaginar lo mucho que deseaba hacer esto –le dijo.

–Sí, lo sé perfectamente –contestó Louis penetrándola, llenándola con su deseo.

A continuación, rodaron sobre el colchón, poniéndose uno encima del otro a cada rato, disfrutando de sus cuerpos con abandono, de las sensaciones de placer.

Sam se encontró riéndose y teniendo un orgasmo tras otro hasta que su cuerpo quedó completamente desmadejado.

–¿Estás bien? –le preguntó cuando abrió los ojos y lo encontró tumbado a su lado.

–Muy bien –contestó Louis sonriendo–. ¿A que te alegras de haber recuperado la cordura y de haberte venido a hacer el amor conmigo?

–Sí –admitió Sam–. Para serte completamente sincera, no sé lo que sentiré mañana por la mañana, pero en estos momentos estoy muy contenta de estar aquí.

–Vive el presente –dijo Louis poniéndole la mano en la tripa.

–Lo intento –contestó Sam tomando aire y soltándolo lentamente.

Louis se acercó y apoyó la cabeza en su hombro.

Sam se sintió profundamente aliviada al no tener que hacer falsas promesas. Con Louis podía mostrarse confusa e indecisa. Podía ser ella misma.

Con aquella certeza y la felicidad que la embargaba en aquellos momentos, se dejó invadir por el sueño.

–Servicio de habitaciones.

Eso fue lo primero que oyó Sam a la mañana siguiente.

Al hacerlo, dio un respingo y se incorporó en la cama. Desde allí, oyó a Louis hablando con el camarero. Cuando la puerta se cerró, se levantó de la cama y fue a su encuentro.

–Buenos días. Qué hambre –la saludó Louis desde el salón–. He pedido huevos con jamón, tostadas, bollos, zumo y café con leche.

–Madre mía –contestó Sam.

–Es que anoche desgastamos mucho –sonrió Louis.

Sam también sonrió.

—Debo de tener un aspecto terrorífico —comentó buscando un espejo para mirarse.

—Estás guapísima, como siempre —le aseguró Louis.

Un rato después, estaban desayunando en la cama. Entre pedazos de cruasán y besos, Sam alargó el brazo y leyó los titulares de la prensa.

La viuda rica se recupera.

Al instante, sintió que el corazón se le helaba, abrió el periódico y se fijó en la fotografía en blanco y negro en la que se les veía a Louis y a ella besándose en la calle la noche anterior.

—Oh, no —exclamó.

—¿Qué ocurre? —le preguntó Louis acercándose y leyendo el titular—. Madre mía.

—Debería estar acostumbrada, pero... por lo menos antes siempre se inventaban cosas, todo era mentira, pero ahora... ahora realmente tienen una historia —se lamentó Sam.

—¿Saben quién soy? —preguntó Louis leyendo el artículo en diagonal—. Maldita sea.

—¿Lo saben?

—Sí, dicen que soy tu guapísimo hijastro.

Sam dejó caer el rostro entre las manos.

—Sam, siento mucho lo sucedido —se disculpó Louis.

—Yo, también —murmuró Sam.

—No me arrepiento de haberte besado, que quede claro, pero sí siento mucho que estos idiotas nos hicieran una foto —le aclaró acariciándole la espalda.

Sam se tensó.

—Pues yo siento ambas cosas.

Estaba muy enfadada. Consigo misma y con él también, pero necesitaba saber, así que, haciendo un gran esfuerzo, continuó leyendo.

Según dicen, la viuda no se contenta con los millones que ha heredado de Tarrant Hardcastle y quiere echarle el guante a los fondos multimillonarios que el magnate de los negocios dejó para sus herederos. Por lo que se ve en la imagen, lo ha conseguido.

–¡Ahh! –gritó furiosa–. ¿Por qué se inventarán estas cosas? Fue idea mía que Tarrant hiciera esos fondos para sus hijos.

Louis sacudió la cabeza.

–Te tienen envidia porque eres joven, guapa y rica. Es envidia, Sam. Por favor, no le des importancia.

–Lo intento, créeme que lo intento, pero esta vez todo es culpa mía.

–¿Por besarme?

–Por besarte en mitad de la calle en Nueva York. Me debo de haber vuelto loca. En plena Quinta Avenida. Por favor... –recapacitó Sam maldiciendo su propia estupidez.

Acto seguido, se puso en pie apresuradamente y buscó su vestido, se puso los zapatos de tacón y las gafas de sol y se preparó para abandonar la habitación.

Qué vergüenza.

Fiona iba a leer aquel artículo.

Y Dominic y Amado.

Y los empleados de Hardcastle Enterprises.

Y el servicio doméstico.

Sam sintió que se sonrojaba de pies a cabeza y que se le saltaban las lágrimas de rabia.

–Ojalá pudiera hacer algo para arreglar el entuerto –comentó Louis con cariño.

–Pero no puedes –contestó Sam furiosa.

–Tranquilízate. No ha pasado nada. Nadie ha sufrido. Míralo así.

–¿Cómo puedes decir eso? Nos van a machacar a los dos –se lamentó–. Nada de todo esto habría pasado si Tarrant no hubiera muerto –añadió entre sollozos–. Oh, Tarrant, ¿por qué tuviste que morirte? –concluyó corriendo hacia la puerta.

–Sam –la llamó Louis–. Sam, espera.

Pero Sam ya estaba en el ascensor, tomando aire y preparándose para la peor humillación de su vida.

Capítulo Ocho

A Sam le pareció oír vibrar su teléfono móvil en el interior del bolso que tenía sobre la mesa.

¿O sería que estaba vibrando toda la casa?

El personal de servicio había evitado mirarla desde que había vuelto. La única que no había tenido miedo de hacerlo había sido Fiona.

–¿Cómo has podido hacer una cosa así? ¡Es mi hermano! Qué asco –exclamó con desprecio.

–Fue un accidente –contestó Sam.

–Buen intento –se burló Fiona.

Sam se pasó los dedos por el pelo revuelto.

–Cuando lo conocí, no sabía quién era –le explicó sinceramente–. No sabía cómo se llamaba.

–¿Y aun así te acostaste con él? Vaya, creo recordar que no hace mucho me diste un sermón de lo más maternal sobre el cuidado que tenía que tener al elegir a mis compañeros de cama –añadió en tono de burla.

Sam sintió que los ojos se le llenaban de lágrimas y que se le formaba un nudo en la garganta. Había intentado ser un buen modelo para Fiona ya que su verdadera madre, su madre biológica, estaba más preocupada por los eventos sociales que por su hija. Le había llevado tres años ganarse la confianza de Fiona.

Desde la muerte de Tarrant, se habían acercado todavía más. De hecho, Sam había llorado sobre el hombro de Fiona en más de una ocasión.

Y ahora aquella relación se había ido por la borda.

—Está sonando tu teléfono —comentó Fiona.

—Lo siento mucho.

—A mí no me pidas perdón. En realidad, no es asunto mío —contestó la hija de Tarrant cruzándose de brazos—. Por favor, ese teléfono me está volviendo loca. ¿No quieres contestar por si es la prensa? Hay veinte periodistas en la puerta.

—¿Cómo? —se horrorizó Sam.

—¿No te lo ha dicho Beatrice?

—No —contestó Sam pensando en el ama de llaves, que no había querido ni mirarla a la cara—. ¿Periodistas o también reporteros de televisión?

—¿Qué más da?

Sam la miró irritada.

—Fiona, ¿has sido tú la que ha filtrado esto a los medios de comunicación?

—¿Me crees capaz de una cosa así?

—Después de lo que hiciste con Dominic y con Bella, sí —le espetó Sam—. Fuiste tú, ¿verdad? —añadió.

Fiona se quedó helada.

Aquello hizo que Sam se enfadara todavía más.

—He intentado por todos los medios que fuéramos amigas. Entiendo perfectamente por lo que has pasado. No ha tenido que ser fácil para ti que, de repente, empezaran a aparecer hermanos, pero no es justo que destroces las vidas de los demás.

—Admito que fui yo la que filtró a la prensa lo de

Dominic y Bella –confesó Fiona–. Estaba muy enfadada. De repente, Dominic aparece de la nada y se convierte en el hijo predilecto de mi padre, que no duda en entregarle su imperio. Aquello me hizo sentirme muy mal. Sin embargo, te juro que en esta ocasión no he tenido nada que ver. No sabía absolutamente nada de lo que había entre Louis y tú.

–¿De verdad?

–De verdad. ¿Cómo iba a imaginar que tú, la señora perfecta, ibas a estar acostándote con tu hijastro?

–No es de extrañar que no lo imaginaras –contestó Sam tragando saliva.

–Sam... me caes bien –confesó Fiona tragando saliva–. Te has portado bien conmigo desde el principio a pesar de que yo he hecho todo lo que he podido para no llevarme bien contigo. Admito que, probablemente, eres la mejor amiga que he tenido en mi vida –añadió con voz trémula.

–Yo también te tengo mucho aprecio, Fiona. De verdad. Oh, Dios mío. ¿Qué vamos a hacer? ¿Es prensa local?

–Nacional –contestó Fiona–, así que mejor será que te arregles un poco porque estás fatal. ¿Un caramelito de menta? –añadió sacando un tubo del bolsillo.

Sam sonrió ante aquel gesto.

–No, gracias –contestó–. Me voy a encerrar en casa y no voy a ver a nadie, así que no creo que me vaya a hacer falta... si pudiera deshacer todo esto, te aseguro que lo haría...

–Así es la vida –contestó Fiona guiñándole un ojo–. La verdad es que estoy encantada de que no seas una santa, ¿sabes? Tú siempre tan perfecta, amable, cariñosa y generosa, con tiempo para todo el mundo y sin un pelo fuera de lugar –añadió fijándose en la cabellera despeinada de la mujer de su padre y chasqueando la lengua–. Esto me demuestra que tú también eres humana.

En aquel momento, comenzó a sonar el teléfono de nuevo.

–Si no contestas tú, contesto yo –le advirtió Fiona.

–¡Ya contesto yo! –le aseguró Sam.

–¿Tienes miedo de que sea él?

«Sí».

–Podrían ser Dominic o Amado –contestó–. ¿Sí? –añadió respondiendo al teléfono.

–Hola, Sam –la saludó Louis con su voz melosa.

–Es él, ¿verdad? –le preguntó Fiona.

Sam asintió.

–Hola.

–¿Cómo lo llevas?

–Más o menos –contestó Sam–. Estoy con Fiona, que está intentando hacerme ver la parte cómica de todo esto porque la verdad es que es como para morirse –se lamentó–. El personal de servicio me está evitando como si tuviera la gripe aviar. El ama de llaves de Tarrant lleva en esta casa veinte años y yo creo que, si por ella fuera, me lanzaría a los periodistas como si fueran los leones.

–Por cierto, estoy viendo la televisión. Están retransmitiendo desde la puerta de tu casa.

–¿Cómo?

–Sí, hay una reportera pelirroja hablando sobre ti.

—Oh, no —se lamentó Sam sonrojándose de pies a cabeza—. Bueno, no tienen nada que hacer —añadió—. No pienso salir de casa hasta que se vayan. Ya estuvieron aquí cuando murió Tarrant y no tuvieron más remedio que irse porque no les hice ni caso.

—¿Cuánto tiempo duró el asedio?

—Un par de semanas.

—¿Y vas a estar encerrada en casa dos semanas? A lo mejor esta vez tardan más en irse. Ten en cuenta que la historia es más jugosa.

—No me importa quedarme en casa unos días.

—Sam, no puedes permitir que esa gente te tenga prisionera.

—Tengo todo lo que necesito. Comida y personal de servicio.

—Voy para allá inmediatamente.

—Por favor, Louis, no vengas —le pidió Sam—. Será peor. No te puedes ni imaginar cómo es esta gente.

—No te preocupes.

—Louis, por favor... creo que sería mejor que volvieras a Nueva Orleans.

—Preciosa, no pienso moverme de Nueva York —le aseguró Louis.

Sam intentó sonreír, pero no pudo.

—Pásame a Fiona —le indicó Louis.

—¿Para qué? —se sorprendió Sam.

—Pásamela —insistió Louis.

Sam así lo hizo. Fiona aceptó el auricular y saludó a su hermano. Mientras Sam se pasaba las manos por el rostro, se preguntó de qué estarían hablando. Fiona escuchaba atentamente, muy concentrada, asintiendo en silencio. Al final, se mordió el labio inferior.

–¿Estás seguro de que es buena idea?
–¿Qué es buena idea? –preguntó Sam sin obtener respuesta.

Fiona se despidió de Louis y, tras colgar el teléfono, se quedó mirando a Sam y sonrió.

–¿Por qué sonríes? –le preguntó Sam.
–Por nada.
–Entonces, para –le dijo a pesar de que ella también estaba sonriendo y le estaban empezando entrar unas extrañas ganas de reírse a carcajadas.
–No puedo. Estás horrible –contestó Fiona–. Jamás lo hubiera creído posible, pero estás realmente fatal sin maquillaje. Tienes dos manchas debajo de los ojos, el pelo completamente revuelto y la nariz roja como un payaso –añadió riéndose.
–Me alegro mucho de parecerte graciosa en estos momentos tan trágicos –contestó Sam llevándose las manos al pelo.
–Me encanta –se rió Fiona–. Normalmente, cuando estoy contigo me siento horrible. Seguro que, si los periodistas te vieran ahora, dejarían de meterse contigo.
–¿Me sugieres que salga a la puerta y me ponga a llorar?
–No, no les des esa satisfacción –contestó Fiona pasándole el brazo por los hombros–. Será mejor que te arregles para cuando llegué Louis.
–¿Va a venir? –preguntó Sam presa del pánico.
–Pues claro. ¿Lo dudabas? Anda, vamos a comer algo mientras tanto.

***

Louis avanzó por Park Avenue con seguridad y muy orgulloso de su misión: salvar a Sam.

Sam lo necesitaba.

Al llegar a la mansión en cuestión, vio que había un nutrido grupo de periodistas en la puerta. ¿Cómo iba a hacer para entrar sin añadir más leña al fuego?

En ese momento, vio por el rabillo del ojo un bar-restaurante que conocía muy bien y cruzó hacia Madison.

–Hola, Venetia, ¿está el jefe? –le preguntó a la encargada dándole un abrazo.

–Ha salido a navegar, pero yo te cuidaré tan bien como siempre –contestó la despampanante rubia–. El *filet mignon* está exquisito.

–Muchas gracias por el ofrecimiento, pero lo que necesito hoy es diferente –contestó Louis en tono enigmático–. El restaurante tiene salida trasera, ¿verdad? ¿Da a un callejón?

–Más bien, a un conducto de ventilación. ¿Por qué?

–¿Tienes alguna experiencia en entrar en casas ajenas?

Sam se aplicó máscara en las pestañas y suspiró. De vuelta en su entorno, se encontraba mucho más tranquila.

–Vaya, te odio. Estás otra vez igual de guapa que siempre –comentó Fiona.

En aquel momento, oyeron un toquecito en la ventana y se giraron.

—¡Louis! ¿Te has vuelto loco? —exclamó Sam yendo hacia allí—. ¡Estamos en un cuarto piso! ¿Estás loco? —añadió corriendo hacia él.

—Es evidente que sí —contestó el recién llegado—. ¿Me permites, por favor? —añadió entrando—. A ver si limpiáis esa pared porque madre mía, hay que ver cómo está de la porquería que sale por la chimenea de la cocina de mi amigo Vincent —añadió.

La camisa blanca que llevaba estaba completamente sucia y también se había manchado la cara.

—Supongo que, entonces, el que tiene que limpiarlo es el tal Vincent —contestó Sam disimulando una sonrisa.

—Eso ya lo habláis entre vosotros y decidís lo que queráis —comentó Louis—. ¿Qué tal van las cosas por aquí?

—Sorprendentemente bien dadas las circunstancias —contestó Sam cruzándose de brazos para ocultar que se le habían endurecido los pezones—. No podemos permitir que la prensa sepa que has entrado—. ¿Cómo sabías cuál era mi habitación?

—No lo sabía —contestó Louis—. Llevo más de un cuarto de hora buscándola por las salidas de incendios.

—¿Y no te ha visto nadie?

—Supongo que tendrás que mejorar tu equipo de seguridad.

—Todo el personal debe de estar en los ventanales del frente, mirando a los reporteros —recapacitó Sam.

A continuación, se preguntó cómo era posible que

lo deseara en aquellos momentos y supuso que la química era incontrolable.

—Me estás manchando toda la alfombra.

—¿A quién se le ocurre poner alfombras blancas?

—Es la última moda. Salen en todas las revistas de decoración –contestó Sam–. Anda, desnúdate y límpiate.

—Qué buena idea –contestó Louis llevándose la mano al primer botón de la camisa.

—Me voy –anunció Fiona levantándose del sofá y avanzando hacia la puerta.

Ni Sam ni Louis intentaron impedírselo.

—Esa pared debe de tener por lo menos diez metros de alto –comentó Sam mientras observaba encandilada cómo Louis se desabrochaba el segundo botón.

—Yo le calculo, más bien, quince –sonrió Louis–. Menos mal que faltan unos cuantos ladrillos aquí y allá.

—Que te han servido como escalones, ¿verdad?

—Ha sido pan comido. Te vuelvo a insistir en que las medidas de seguridad de tu casa no son muy buenas –contestó Louis quitándose la camisa.

Sam tragó saliva.

—Voy a prepararte la ducha –anunció nerviosa–. ¿No te ha visto ningún periodista?

—No, creo que no –contestó Louis bajándose la bragueta.

—Hay helicópteros –comentó Sam.

En aquel momento, llamaron a la puerta y ambos se giraron hacia allí. Louis se quedó dubitativo, pues ya tenía los pantalones a medio bajar.

–¡Un momento! –exclamó Sam corriendo hacia la puerta–. ¿Quién es?

–¡Señora Hardcastle, alguien ha entrado en casa! –gritó Beatrice, el ama de llaves–. Han saltado las alarmas. Hay un intruso en la casa.

–Yo no oigo ninguna alarma –contestó Sam poniendo la mano en el pomo para que Beatrice no abriera la puerta.

–Son silenciosas.

–¿Y para qué sirven entonces?

–Para alertar al personal, por supuesto –contestó el ama de llaves como si estuviera hablando con un imbécil–. Ya hemos llamado a la policía. Estarán aquí en unos minutos.

–No creo que sea necesario.

–Han dicho que van a traer perros. Si un periodista se ha colado en casa, lo encontrarán –insistió Beatrice.

Tarrant solía decir que Beatrice era encantadoramente chapada a la antigua. A Sam, le parecía, más bien, hostil.

–Muy bien –le dijo–, pero, por favor, que no me molesten –añadió mirando a Louis–. Voy a... darme una ducha.

–Ahora mismo le traigo unas toallas limpias.

–No hace falta –se apresuró a contestar Sam–. Tengo las de ayer y hay que cuidar el medio ambiente.

Louis chasqueó la lengua ante su ocurrencia y Sam lo miró furiosa.

–Muy bien –accedió el ama de llaves–. No se preocupe, nadie vendrá a molestarla –añadió alejándose por el pasillo.

Sam se apoyó contra la puerta. Al hacerlo, quedó frente a Louis, que estaba completamente desnudo.

–Debería echarte a los perros.

–Me gustan mucho los perros –contestó Louis sonriendo–. Nunca he vivido suficiente tiempo seguido en un sitio como para tener uno, pero me encantaría.

–A lo mejor es que deberías dejar de viajar tanto.

–En eso estaba pensando precisamente.

Sam intentó procesar sus palabras, pero no lo consiguió. Por lo visto, su cerebro no quería cooperar. Claro que no era de extrañar teniendo en cuenta que tenía frente a sí a un hombre desnudo y la casa rodeada por periodistas y policía.

–A la ducha –le indicó yendo hacia el baño.

Una vez allí, abrió los grifos. En un abrir y cerrar de ojos, Louis la había tomado entre sus brazos y la estaba besando.

Sam se estremeció encantada.

–¿Pero qué estamos haciendo? –se lamentó.

–Creo que lo llaman besarse –contestó Louis.

–Estás sucio y me vas a estropear el maquillaje –se quejó Sam.

–Demasiado tarde, pero da igual porque te vas a duchar conmigo.

–Me acabo de duchar hace un rato.

–Seguro que no te viene mal otra ducha –insistió Louis desabrochándole la blusa.

Se trataba de una blusa seria y conservadora que Sam había elegido para hacerse respetar.

¿Por qué le importaba tanto el respeto de personas a las que no conocía de nada y que no la conocían a ella?

Sam se estremeció cuando Louis le acarició el pecho por encima del sujetador. Sentía su aliento en el cuello y su erección entre las piernas.

–¿Y si nos interrumpen?

–No creo que nadie se atreva a entrar en tu habitación cuando te estás duchando –contestó Louis.

–Tienes razón –contestó Sam.

El baño se estaba llenando de vaho del agua caliente. Sam oyó el siseo de la cremallera de su falda cuando Louis se la bajó.

En aquel momento, se oyeron unos ruidos que parecían tiros.

–¿Qué ha sido eso? –se sobresaltó Louis.

–Las cañerías –sonrió Sam–. Es que la casa es antigua... Tarrant quería cambiarlas, pero hay que hacer una obra tremenda... espera, voy a cerrar el agua antes de que vuelva Beatrice –añadió alargando el brazo y mojándose la camisa.

Una vez cerrada el agua, se hizo el silencio. En aquel silencio, Sam oyó la sirena de un coche patrulla.

–¿Cómo podemos estar haciendo esto?

–¿Darnos una ducha? –sonrió Louis metiendo la cara entre sus pechos.

–No, esto... –contestó Sam–. ¡Debemos de estar locos! La casa está rodeada por la policía y por una turba de periodistas ansiosos de sangre.

–No permitas que las cosas que no puedes controlar te distraigan de lo importante –comentó Louis besándola en el ombligo.

Sam se estremeció de pies a cabeza.

–Tengo la sensación de que no controlo nada...

ni siquiera mi cuerpo. Mi mente me grita que tenga cuidado, pero mi cuerpo se muere por meterse en la ducha contigo y... y...

«Y hacerte el amor», pensó.

Pero no lo dijo porque jamás habían hablado de amor.

–¿Acaso una consejera espiritual no te dijo que siguieras los dictados de tu corazón? –le preguntó Louis incorporándose.

–¿*Madame* Ayida? –contestó Sam–. Venga, por favor. Se lo debe de inventar todo para sacarles el dinero a los turistas. Eso de seguir los dictados de tu corazón es un típico tópico –se lamentó.

–Pues yo lo hago –contestó Louis–. Ha sido el corazón lo que me ha traído hoy aquí –añadió besándola por el cuello.

–¿Has venido siguiendo a tu corazón? –le preguntó Sam estupefacta.

–Sí, yo también tengo corazoncito –contestó Louis mirándola a los ojos.

–¿Y qué te dice sobre mí? –se arriesgó a preguntar Sam.

Louis sonrió.

–Me dice que he conocido a una mujer muy especial, una mujer tan generosa y buena que la gente que no la conoce cree que lo que la mueven son deseos negativos. Una mujer que tiene tanto amor para dar que el mundo no tiene capacidad para asimilarlo y se lo tira a la cara una y otra vez –contestó acariciándole la mejilla–. No pienso permitir que lo que hemos encontrado juntos se nos escape.

Sam sintió que el corazón se le aceleraba.

−¿Y qué es lo que hemos encontrado?

Sam se dijo que no tendría que haberle hecho esa pregunta. ¿Qué esperaba? ¿Buscaba acaso que le dijera que la quería? ¿Y qué conseguiría con eso? Lo suyo no podía ser.

Louis la estrechó con fuerza entre sus brazos y la metió en la ducha.

−Llevo puesta la ropa interior −protestó Sam.

−No por mucho tiempo −contestó él abriendo el agua de nuevo.

A continuación, le desabrochó el sujetador y deslizó las braguitas por sus piernas.

−Mucho mejor así −comentó incorporándose y acariciándola hasta hacerla enloquecer.

Sam tomó su erección en la mano y comenzó a acariciarlo.

−Quiero sentirte dentro −dijo−. Ahora mismo.

Louis obedeció penetrándola gustoso.

Sam era consciente de que no había contestado a su pregunta, pero tampoco hacía falta.

Lo que habían encontrado era aquello: una relación física estupenda.

Unidos se movieron y gimieron bajo el agua hasta que Sam se dio cuenta de que Louis le estaba diciendo algo.

−Hemos encontrado… hemos encontrado −dijo con la voz tomada por la emoción y sin parar de moverse en su interior−. Lo que hemos encontrado es… Sam, ¿te quieres casar conmigo? −añadió mientras las lágrimas le resbalaban por las mejillas.

Capítulo Nueve

Sam se apartó y salió de la ducha a la carrera, lo que la llevó a estar a punto de resbalarse sobre el suelo de mármol. Sin pensar lo que hacía, agarró una toalla y se fue al dormitorio.

¿Louis le había pedido lo que le había parecido que le había pedido?

No, no era posible.

–Sam –dijo Louis desde la puerta del baño, con una toalla enrollada a la cintura–. Me esperaba otra respuesta, la verdad.

–Lo siento, necesitaba aire –contestó Sam–. Creía que yo... creía que tú...

La verdad era que necesitaba apartarse de él porque aquel hombre tenía demasiado atractivo para ella.

Louis se acercó a ella y la abrazó desde atrás. Sam intento mantenerse erguida y no ponerse nerviosa.

–¿Te quieres casar conmigo? –repitió Louis.

Sam se giró hacia él.

–No puedes estar hablando en serio –le dijo.

–Nunca he hablado más en serio –le aseguró Louis.

Sam sintió que se le formaba un nudo en el pecho y se apartó.

–El matrimonio es mucho más que una buena relación sexual. Te lo digo por experiencia. He estado casada tres veces y con ninguno de mis maridos tuve buenas relaciones sexuales.

—A lo mejor por eso no te fue bien —opinó Louis.

—Da igual por qué me fuera bien o mal porque no me pienso volver a casar —contestó Sam—. Siempre recordaré con cariño el tiempo que estuve casada con Tarrant, que será mi último marido.

—No lo dices en serio.

—¡No me digas lo que digo en serio y lo que no! ¡No eres mi padre ni mi hermano mayor! No necesito que nadie me diga cómo tengo que vivir. Soy mayorcita y tomo mis propias decisiones —le gritó Sam indignada.

Dicho aquello, dio un portazo y se fue. Por desgracia, la puerta que había cerrado con fuerza era la del vestidor. Sam tomó aire y rezó para que Louis se fuera y la dejara en paz.

—Sam, te has metido en el vestidor —comentó él desde fuera.

—Ya lo sé —contestó Sam frustrada.

Estaba muy enfadada con él. ¿Por qué jugaba con ella de aquella manera? Sam no pudo evitar que se le escapara un sollozo.

—Déjame entrar —le dijo Louis.

—¡No!

—Entonces, soplaré, soplaré y soplaré hasta que...

—Louis, esto no tiene ninguna gracia —lo interrumpió Sam—. Por favor, déjame en paz. Necesito estar sola.

—No, nada de eso. Has pasado demasiado tiempo sola. Ahora lo que necesitas es estar conmigo.

–Ja –se burló Sam–. ¿No lees los periódicos o qué? ¿No te das cuenta de que soy una cazafortunas que sólo quiere el dinero que has heredado de tu padre?

Sam vio girar el pomo de la puerta y no pudo, o no quiso, hacer nada para evitar que Louis entrara en el vestidor.

–Te recuerdo que fuiste tú quien vino a buscarme –le dijo Louis una vez dentro.

–A lo mejor fue un error –contestó Sam.

–Abriste la caja de Pandora.

–¿Te estás refiriendo a ese mito griego que dejó escapar la calumnia, la avaricia, la vanidad, la envidia, la falsedad y el escándalo?

–Efectivamente. Pandora dejó escapar a todos esos demonios por el mundo, pero también había otra cosa en la caja, la más importante, la que no se fue: la esperanza –contestó Louis mirándola a los ojos.

–La esperanza –repitió Sam medio hechizada.

–Has despertado algo en mí, Sam, algo que no estaba ahí antes. Antes creía que sabía lo que quería en la vida, pero ahora, desde que te conozco, quiero más cosas, necesito algo más.

Sam sintió que el corazón le daba un vuelco.

–Y seguro que lo encontrarás con alguna chica encantadora que no tenga la carga emocional que yo tengo y a la que no persigan los periodistas para hacerle la vida imposible.

–Yo no quiera ninguna chica encantadora –le reprochó Louis acercándose–. Quiero una mujer, una mujer a la que no le dé miedo construir la vida que quiere tener. Y ésa eres tú, Sam. Eres una mujer valiente, una mujer que no duda en empezar una y otra vez.

Sam tomó aire.

–No te voy a decir que no soy valiente porque es cierto, pero eso no quiere decir que no me quiera volver a casar.

–¿Por qué no? A Zsa Zsa no le haría ninguna gracia y tenéis muchas cosas en común. A las dos os gusta la ropa bonita… –comentó tocando uno de los preciosos vestidos de Sam.

–Una razón de mucho peso –se burló Sam–. ¿Se puede saber qué haces en mi armario? –le preguntó molesta.

–Te quiero, Sam –contestó Louis con naturalidad.

Sam sintió que el corazón se le llenaba de felicidad y de pánico.

–No es posible.

–Sí lo es, te lo aseguro.

–Es demasiado complicado.

–El amor es muy sencillo –insistió Louis–. ¿Tú me quieres, Sam?

«Sí».

–No –mintió.

–No te creo.

–Porque eres un arrogante y lo sabes.

–Sí, tienes razón, lo sé perfectamente –contestó Louis sonriendo–. Me llamas arrogante porque sé perfectamente lo que quiero y no dudo en ir por ello.

–¿Y qué tal si piensas en los demás? Tengo responsabilidades hacia mi familia y hacia la empresa Hardcastle.

—Y hacia ti misma, supongo.

—Exactamente —contestó Sam pasándose los dedos por el pelo—. Tengo treinta y un años y he estado casada tres veces.

—Y yo me quiero convertir en tu cuarto marido —insistió Louis.

—No me puedo casar contigo —contestó Sam—. Es una locura. Aunque no fueras hijo de mi difunto esposo, apenas nos conocemos.

—Pero hay una complicidad y una conexión muy profunda entre nosotros. Además, acuérdate de lo que te dijo *madame* Ayida.

—¿Que siguiera mi corazón? —se burló Sam—. Sí, también me dijo que tendría que elegir entre un camino que conozco y otro que no y resulta que ninguno de las dos opciones me convence demasiado.

—¿Por qué dices eso si no has elegido? —objetó Louis riéndose.

—¿Cómo que no? Lo conocido para mí en este caso sería el matrimonio, así que elijo lo desconocido, no casarme.

—Muy bien. Viviremos en pecado.

Sam no pudo evitar reírse.

—A los periodistas les encantaría —contestó poniéndose seria.

—Seguro que sí. Venderían muchos ejemplares gracias a nosotros. Se me acaba de ocurrir que, si tuviéramos hijos, podrían vender todavía más diciendo que eres madre de tus propios nietos —improvisó Louis riéndose.

Sam se quedó helada. Hijos. Louis sabía perfectamente lo mucho que ansiaba tenerlos. Aquello había sido un golpe bajo.

–Yo ya tengo hijos. Los hijos de Tarrant son mis hijos –le espetó.

–¿Yo también?

–Por supuesto.

–Sam, no se pueden tener hijos de tu misma edad.

–¿Cómo que no?

Sam se quedó mirándolo a los ojos y Louis negó con la cabeza.

–No pienso permitir que tires tu vida por la borda –le aseguró–. Tú quieres ser madre y deberías serlo, madre de verdad, no madre de los hijos de tu difunto marido.

–Creía que tú no querías tener hijos –comentó Sam sintiendo un tremendo dolor en el pecho.

–Y no quería hasta que te conocí –admitió Louis emocionado.

Sam sintió que se le formaba un nudo en la garganta.

–Esto es una locura. ¿Qué demonios hacemos desnudos en el armario?

–Yo no tengo ropa limpia –contestó Louis– y no creo que la tuya me esté bien.

–Hay ropa de Tarrant en el otro vestidor –contestó Sam señalando la puerta que unía ambos.

Louis asintió y avanzó hacia allí. Una vez a solas, Sam suspiró aliviada y se vistió a toda velocidad. No quería que la policía la encontrara desnuda, así que eligió unos vaqueros que Fiona le había regalado y que nunca había encontrado oportunidad de lucir.

–¿Sigues ahí o te has ido por un túnel secreto? –le preguntó Louis desde el otro lado de la puerta.

–Ojalá hubiera un túnel secreto para salir de aquí sin que nadie nos viera –contestó Sam.

En aquel momento, oyó sonar su teléfono y salió del vestidor para contestar. El grito de Fiona casi la dejó sorda.

–¿Se puede saber qué hacéis? Bueno, mejor no me lo digas. Dominic y Amado están aquí. Pon el canal 5. Bueno, o abre la ventana. Están discutiendo con los periodistas.

Sam conectó el televisor y observó nerviosa cómo Dominic increpaba a los reporteros.

–Si no retiráis ahora mismo eso de que la viuda de mi padre, nuestra madrastra, Samantha Hardcastle, está liada con nuestro hermano Louis, nos veremos en los tribunales.

Acto seguido, Amado lanzó un puñetazo a un fotógrafo que se había acercado demasiado.

–¡Oh, no! –se horrorizó Sam corriendo escaleras abajo–. ¡Beatrice, abre la puerta principal! ¡Dominic y Amado están en peligro!

–Pero, señora...

–¡Abre la puerta ahora mismo! –insistió Sam saliendo al porche.

Al hacerlo, un millar de flashes la deslumbró.

–¡Dom, Amado! –los llamó.

No los veía por ninguna parte. Estaba inmersa en una maraña de cámaras, micrófonos y flashes.

–¿Dónde estáis?

–Sam, menos mal que has salido a defenderte

—contestó Dominic apareciendo entre los reporteros—. Diles que es mentira, diles que toda esa basura es mentira.

«Si les digo que es mentira, sería mentira», pensó Sam, que abrió la boca, pero no articuló palabra.

Dominic se acercó a ella furioso.

—Diles que es mentira —le exigió.

—Yo... yo... yo...

Amado se abrió paso hasta ellos.

—Esto es una locura, un delito. ¿Cómo demonios se les ocurre venir a casa de una persona decente a decirle todas estas tonterías? Deberían ir a la cárcel por esto.

Dicho aquello, cada uno se colocó a un lado de Sam, apoyándola.

—Adelante, Sam, diles que es mentira.

Entonces, se hizo el silencio. Los periodistas la miraban fijamente, esperando.

—Venga, Sam, defiéndete —murmuró Dominic.

—No puedo... —suspiró Sam girándose y volviendo a entrar en casa.

Dominic y Amado consiguieron seguirla y cerrar la puerta antes de que los periodistas entraran también.

—Sam, ¿qué te pasa? —le preguntó Dominic poniéndole las manos en los hombros.

—No puedo negarlo porque es verdad —admitió Sam estremeciéndose de pies a cabeza.

—¿Cómo? —se sorprendió el primogénito de su marido.

—¿Qué quiere decir eso, Sam? —le preguntó Amado.

Todo el servicio doméstico estaba en el vestíbulo. Beatrice y Kelly, su ayudante, e incluso Raúl, el chófer. También estaba Fiona. Todos pendientes de su contestación.

–Louis y yo... –comenzó Sam–. Louis y yo... –repitió.

–Estamos enamorados –dijo Louis bajando las escaleras a sus espaldas.

Sam se giró hacia él algo confusa y enfadada por que hiciera semejante declaración en público cuando le acababa de decir hacía unos minutos que no se pensaba casar con él.

Dominic y Amado se miraron y miraron a Louis.

Sam se sintió fatal. Sabía que ambos eran muy tradicionales. ¿Qué estarían pensando de ella?

De repente, Dominic estalló en carcajadas, la risa reverberó en el mármol del vestíbulo y subió por las escaleras contagiando a Amado, a Fiona y al servicio.

Louis se unió al grupo e incluso Sam lo hizo, sin poder evitar liberar así la tensión.

–A los periodistas les va a encantar esta historia –comentó Dominic.

–No tiene ninguna gracia –contestó Sam pensando que todo estaba yendo demasiado deprisa.

–A mí me parece muy gracioso –reiteró Dominic–. Me parece maravilloso. Ya decía yo que estabas radiante desde que habías vuelto de Nueva Orleans.

–Pues qué mal he disimulado. No quería que os dierais cuenta –admitió Sam.

–¿Por qué? –intervino Amado–. No sois parientes. Además, te recuerdo que es tradición familiar enamorarse perdidamente de la persona inapropiada. Mira a Dominic, que inició una relación con una espía que quería demandar a su padre, y a mí, que me enamoré locamente de la mujer que apareció para destrozar a mi familia –añadió sonriente–. Bienvenido al club, Louis.

El aludido se acercó a Sam y le sonrió.

–¿Estás bien?

–No lo sé –contestó Sam sinceramente–. ¿Y Tarrant? –preguntó algo incómoda.

–Seguro que se está riendo a carcajadas en algún lugar –contestó Fiona acercándose también–. Ya sabes que quería que vivieras feliz después de su muerte.

–Eso decía –recordó Sam emocionada–, pero no sé si lo diría en serio.

–Claro que sí –insistió Fiona–. Antes de morir, me hizo prometerle que haría todo lo posible para que te volvieras a casar.

Sam la miró estupefacta.

–¿Lo ves? –dijo Louis.

–Entonces, está todo decidido –argumentó Dominic.

Y Fiona sonrió.

–Estupendo –afirmó Amado.

Sam no se lo podía creer.

–¡Basta! –estalló–. ¿Cómo os atrevéis a decidir por mí? ¿Por qué habláis de mí como si no estuviera delante? ¿Por qué me faltáis el respeto así? –les espetó corriendo escaleras arriba.

Louis fue tras ella, pero Sam fue más rápida y consiguió encerrarse en su dormitorio. Un rato después, más calmada, subió a la azotea y se puso al sol.

De repente, apareció Louis, que debía de haber estado esperando el momento propicio para hacer acto de presencia.

—No quiero saber nada de ti —le espetó Sam.

—Tranquila, estás disgustada por lo que ha pasado con la prensa —contestó él acercándose.

—¡Te digo que no quiero saber nada de ti! —insistió Sam al borde de la histeria—. Se terminó —declaró—. Lo nuestro se acabó...

—Yo también tengo algo que decir, ¿no? —se defendió Louis.

—No —contestó Sam—. Vete, por favor.

Louis se quedó mirándola boquiabierto. Aquella mujer por la que lo habría dado todo, no quería nada de él. Le hubiera gustado formar una familia con ella, pero ella tenía otros planes.

A pesar del tremendo dolor que sentía en el pecho, no iba a suplicarle, así que se giró y se fue.

Capítulo Diez

–¡Sam, cariño, esta vez te has superado! Todo el mundo lleva días hablando de esta fiesta. ¿Quién se ha ocupado de las flores? ¿Marcel? Es el mejor, sin duda... qué artista...

Sam consiguió seguir sonriendo mientras Cecilia Dawson-Crane alababa los lirios. Debería estar encantada porque se había tomado muchas molestias para que aquellos malditos lirios fueran perfectos.

Sin embargo, se sentía fatal. El salón estaba lleno de gente que conversaba y reía, estaba rodeada por dos mil amigos íntimos. Todos habían pagado cientos de dólares por tener el privilegio de acudir a la cena gourmet que había organizado.

Eso quería decir que había conseguido más de un millón de dólares para el Fondo Mundial de Refugiados, algo que debería llenarla de satisfacción.

Sin embargo, se sentía desesperada.

–¡Samantha! –la saludó su amiga Kitty–. ¡Menuda exposición de arte has montado!

–Bueno, es una pequeña muestra –contestó Sam sonrojándose.

–¿Cómo puedes decir eso? Mis amigos, los marchantes, están boquiabiertos. ¿Quién iba a decir que eras una pintora tan increíble?

En las pocas clases que Sam había dado con Margot, la amiga de Louis, algo se había desatado en su interior, algo que la había llevado a encerrarse en el estudio día y noche y a sumergirse en el apasionante mundo del color y de la luz.

–Disfruto mucho pintando –comentó sinceramente.

–Se nota en tus cuadros –contestó Kitty–. Ése de los pantanos de Luisiana es espectacular. Es mágico.

Sam tragó saliva. Al principio, había pensado no incluir aquella obra, la primera que había pintado, dado el revuelo que se había levantado a raíz de su relación con Louis, pero Margot había insistido para que lo hiciera diciéndole que la gente ya se había olvidado de aquello.

Y así había sido ya que ella nunca había respondido a las acusaciones y él se había ido a Europa, así que el público había dado por hecho que no habían sido más que invenciones de la prensa.

Aun así, Sam no podía dejar de pensar en él. A pesar de que hacía lo imposible por mantenerse ocupada, lo recordaba constantemente. Sobre todo, por las noches, sola, en la cama.

–¿Sabes que eres realmente buena? –le dijo su amiga–. Voy a comprar unas cuantas obras tuyas para cuando seas una artista cotizada, que será muy pronto, ya verás.

Sam sonrió encantada y se despidió de ella para ir

a ver si los regalos que se les iban a entregar a los asistentes al final de la velada estaban preparados.

A pesar del placer que le producía pintar, Sam se sentía vacía por dentro. Aunque estaba rodeada de gente, se sabía completamente sola.

¿Y si lo llamara para saludar? No haber hablado con él en tantos meses la estaba matando. Sus sueños de unir a la familia Hardcastle no habían podido hacerse realidad.

A lo mejor eran capaces de tener una relación de amistad normal…

—El número de abonado no existe —se quejó Sam en voz alta mirando a Fiona mientras colgaba el teléfono.

—A lo mejor lo ha cambiado —contestó la joven.

—Puede ser. Lo he llamado al fijo, pero me salta todo el rato el contestador y no quiero dejarle un mensaje porque no sé quién podría escucharlo. Después de lo que pasó con la prensa, no quiero cometer más errores.

—Pues vete a Nueva Orleans a verlo —sugirió Fiona.

—¿Cómo voy a hacer eso? Ni siquiera sé si está.

—Sí, sí esta —le dijo la joven con mucha seguridad—. Mira, ayer por la noche hubo una fiesta en su restaurante —le explicó mostrándole la pantalla de su dispositivo portátil de Internet.

Sam se asomó a la pantallita y vio que era cierto. Allí estaba Louis muy sonriente con un montón de gente a la que ella no conocía.

–Podrías estar en La Guardia en tres cuartos de hora –insistió Fiona.

–Ya... –contestó Sam–. Debería ir, ¿verdad?... por el bien de la familia...

–Claro, sin duda. Debes ir.

Una fina lluvia caía sobre Sam cuando llamó al timbre de la casa de Louis.

Había decidido que la vida era corta y que quería pasar la suya junto a él.

Cuando la puerta se abrió, sintió una gran decepción, pues no era Louis sino una mujer mayor de pelo cano.

–¿Podría ver a Louis DuLac, por favor? –le preguntó.

–No está –contestó la mujer en tono serio mirándola de arriba abajo–. Volverá mañana por la mañana. ¿Quiere que le diga algo?

Sam se quedó pensativa unos instantes.

–¿No sabe dónde está?

–Sí, sí lo sé, pero no se lo puedo decir.

Sam se imaginó que, si un hombre como Louis no dormía en casa una noche, era porque estaría con una mujer y sintió que el corazón se le rompía en mil pedazos.

Había llegado tarde.

–¿Podría usted darme la dirección de su cabaña de pesca? Me gustaría ir antes de abandonar la ciudad.

–No, esa información es privada –contestó su interlocutora cada vez más seria–. ¿Quiere dejarle algún mensaje? –le ofreció sin embargo.

–No, no quiero dejarle ningún mensaje –contestó Sam–. Perdón por haberla molestado.

–No pasa nada –se obligó a contestar la señora.

Acto seguido cerró la puerta y Sam se vio sola en mitad de la calle. Era de noche y se sentía mal. Una vez en el interior del coche que había alquilado, decidió ir al pantano antes de volver a Nueva York. Aunque no encontrara la cabaña de Louis, podría disfrutar de aquel precioso lugar un rato… tal vez hasta el amanecer…

Louis dio un volantazo para evitar a una tortuga que estaba cruzando la carretera. Las ruedas del coche se deslizaron un poco sobre el pavimento mojado, pero consiguió mantener el control del vehículo.

¡Maldición!

Katie le había dicho que una mujer había ido a buscarlo a casa hacía horas. Le había dicho que se trataba de una mujer alta y delgada, de grandes ojos azules, que llevaba un vestido muy bonito y tacones altos.

Louis comprendió inmediatamente de quién se trataba.

Lo más normal era que, en aquellos momentos, Sam estuviera volando de vuelta a Nueva York, pero la intuición le había hecho montarse en el coche e internarse en el pantano porque la doncella le había chivado también que había preguntado por la dirección de su cabaña.

Fiona le había dicho que Sam no paraba de pintar y que estaba siendo muy aclamada en Nueva York, así que Louis pensó, que, tal vez, había ido a Nueva Orleans y al pantano en busca de inspiración.

No debía hacerse ilusiones.

Seguramente, no habría ido por él.

Había intentado por todos los medios olvidarse de ella, pero había fracasado estrepitosamente. Así lo demostraba que hubiera salido corriendo de la ciudad en mitad de la lluvia y que estuviera conduciendo en la oscuridad dejándose llevar por una corazonada, con la esperanza de verla.

Tomó el desvío que llevaba al cobertizo cuando despuntaba el alba. De alguna manera, se sentía cada vez más cerca de ella, lo que era ridículo, pues lo único que había durante kilómetros era hierba, árboles y lluvia.

Al llegar, le pareció ver un brillo en mitad de la oscuridad y se bajó del coche a toda velocidad, se acercó y miró a un lado y al otro, pero nada. Aun así, tenía la sensación de que Sam estaba cerca.

–Sam –la llamó.

Debía de haberse vuelto loco, pero rodeó el cobertizo, sintiéndola muy cerca. Hubiera podido jurar que percibía el olor de su perfume. En ese momento, vio que, efectivamente, el brillo metálico que había visto era un coche, se acercó y lo tocó.

Estaba frío.

–¿Sam?

¿Estaría sola en el pantano? Aquel lugar era peligroso. Había cocodrilos y arenas movedizas.

–¡Sam! –gritó comenzando a correr–. ¿Dónde estás?

Nada.

Pero Louis estaba convencido de que estaba allí. Cerca.

–Louis, estoy aquí –oyó de repente.

La voz provenía de unos metros a la izquierda y hacia allí se encaminó. Cuando la vio, sintió que el corazón le daba un vuelco. Tenía el pelo mojado y la tela del vestido pegada al cuerpo.

La abrazó de la cintura con fuerza, no la quería ni podía soltar.

–Oh, Louis, quería verte –sollozó Sam–. Lo he intentado, de verdad, he estado pintando y haciendo un montón de cosas más, pero no podía dejar de pensar... –añadió con la voz quebrada.

–Shh –la tranquilizó Louis poniéndole un dedo sobre los labios–. A mí me ha pasado exactamente lo mismo. No puedo dejar de pensar en ti. Me estoy volviendo loco –admitió descansando su mejilla sobre la de Sam.

–Lo siento.

–No me extraña –contestó Louis sonriendo–. Sabías desde el principio que estamos hechos el uno para el otro y mira la que has armado.

Sam se rió y lo miró a los ojos.

–Estamos hechos el uno para el otro, ¿verdad?

Louis sintió que la alegría se apoderaba de él.

–Pues claro que sí. Te lo dije desde el primer día.

–Quiero que sepas que, quizás, no puedas tener hijos conmigo... –dijo Sam con voz trémula–. Lo intenté durante tres años con Larry y ya sabes lo que pasó.

–De ser así, los adoptaremos –contestó Louis con mucha seguridad–. Me encantaría formar una familia contigo porque eres una mujer especial y me sentiré honrado y privilegiado de pasar mi vida contigo.

Sam se quedó mirándolo mientras las gotas de lluvia le corrían por el rostro mezcladas con las lágrimas.

–¿Y dónde vamos a vivir? –se le ocurrió de repente–. Tú tienes que estar en Nueva Orleans para hacerte cargo de tus restaurantes y yo tengo que estar en Nueva York para hacerme cargo de la fundación, que para mí es una gran responsabilidad que me tomo muy en serio.

–No hay ningún problema –contestó Louis–. Viviremos como los nómadas.

–¿Y el colegio de los niños?

–No te preocupes. Estudiarán en casa. Yo lo hice durante un tiempo, mi madre fue mi profesora, y no me ha ido mal. Sam, no te preocupes por hacer las cosas de manera diferente a como las hace la mayoría de la gente. No intentes jamás ser normal ni cumplir las expectativas de los demás. Es mucho más divertido ser tú misma.

–Tienes toda la razón del mundo –contestó Sam–. Estoy pintando –confesó.

–Ya lo sé. Me lo ha dicho Margot. Según ella, eres muy buena, una de las mejores pintoras del siglo XXI.

–¡Qué exageración! –exclamó Sam sonrojándose.

Louis la estrechó entre sus brazos.

—Te quiero, Sam. Eres una mujer bella que crea belleza a su alrededor, en todo lo que hace. Sé que juntos encontraremos nuestro camino.

Sam lo miró emocionada.

—Yo también te quiero, Louis. Yo ya he encontrado mi camino: estar contigo, acostarme a tu lado todas las noches de mi vida –le dijo.

—Tengo ropa seca en la cabaña. ¿Te parece que vayamos allí? –le propuso Louis.

—Me parece una idea estupenda, pero no creo que vayamos a necesitar la ropa para nada –contestó Sam con un brillo travieso en los ojos.

Louis sonrió encantado y, agarrado a la cintura de Sam, se acercó al cobertizo, dejó caer el barco al agua y puso el motor en marcha. Una vez a bordo, guio la embarcación por aquellas aguas que conocía tan bien y puso rumbo al lugar que más le gustaba del mundo con la mujer de su vida a su lado.

Deseo

Abandonados a la pasión

YVONNE LINDSAY

Huyendo de una desilusión amorosa, Blair Carson se había echado en los brazos de un guapísimo aristócrata italiano. Desde que sus miradas se encontraron, Blair había caído bajo el hechizo de Draco Sandrelli. Se había lanzado a la aventura con total abandono, sin pensar.

Pero había llegado el momento de enfrentarse a la realidad: estaba embarazada de un hombre al que apenas conocía. Draco exigía que volviera a la Toscana para tener a su hijo, pero jamás, ni en una sola ocasión, había hablado de amor.

Pasión en el palazzo

¡YA EN TU PUNTO DE VENTA!

Acepte 2 de nuestras mejores novelas de amor GRATIS

¡Y reciba un regalo sorpresa!

Oferta especial de tiempo limitado

Rellene el cupón y envíelo a
Harlequin Reader Service®
3010 Walden Ave.
P.O. Box 1867
Buffalo, N.Y. 14240-1867

¡Sí! Por favor, envíenme 2 novelas de amor de Harlequin (1 Bianca® y 1 Deseo®) gratis, más el regalo sorpresa. Luego remítanme 4 novelas nuevas todos los meses, las cuales recibiré mucho antes de que aparezcan en librerías, y factúrenme al bajo precio de $3,24 cada una, más $0,25 por envío e impuesto de ventas, si corresponde*. Este es el precio total, y es un ahorro de casi el 20% sobre el precio de portada. !Una oferta excelente! Entiendo que el hecho de aceptar estos libros y el regalo no me obliga en forma alguna a la compra de libros adicionales. Y también que puedo devolver cualquier envío y cancelar en cualquier momento. Aún si decido no comprar ningún otro libro de Harlequin, los 2 libros gratis y el regalo sorpresa son míos para siempre.

416 LBN DU7N

Nombre y apellido	(Por favor, letra de molde)	
Dirección	Apartamento No.	
Ciudad	Estado	Zona postal

Esta oferta se limita a un pedido por hogar y no está disponible para los subscriptores actuales de Deseo® y Bianca®.
*Los términos y precios quedan sujetos a cambios sin aviso previo.
Impuestos de ventas aplican en N.Y.

SPN-03   ©2003 Harlequin Enterprises Limited

Aquél era un implacable acuerdo de matrimonio a la italiana

Nadie iba a obligar a un Marcolini a divorciarse. Y menos una ambiciosa mujer que podía marcharse con la fortuna de la familia. Antonio Marcolini estaba dispuesto a que Claire pagara. Y tenía el plan perfecto para vengarse: le exigiría que pasara tres meses con él, como marido y mujer. Nada conseguiría interponerse en su camino.

Pero Claire era inocente. ¿Cómo podía conseguir demostrarlo antes de que su marido le hiciera chantaje para que volviera a ser su esposa?

Amor a la fuerza

Melanie Milburne

¡YA EN TU PUNTO DE VENTA!

Deseo

Hijo inesperado
LEANNE BANKS

La paternidad no entraba en sus planes, pero cuando el millonario Rafe Medici descubrió que tenía un heredero, se empeñó en que el niño viviera bajo su techo.

Sólo la tutora legal del niño, Nicole Livingstone, se interponía entre su deseo y él. Pero nadie le llevaba la contraria a un Medici y, si tenía que recurrir a la seducción para ganarse a Nicole, Rafe estaba dispuesto a intentarlo.

Pero mientras conseguía ablandar a la bella mujer, el rico soltero tenía que asegurarse de que ella no le hiciera cambiar su regla de "todo menos amor".

Fue el último en enterarse de que era padre

¡YA EN TU PUNTO DE VENTA!